촌놈 되기

촌놈 되기

신진 시인의 30년 귀촌 생활 비록

신진 지음

해피북미디어

"남의 것이 내 것이다"

얼치기 촌놈 30년 비록(秘錄)

　고백하건대 배부른 전원생활이었습니다. 강의시간에 맞추어 출퇴근 했을 뿐, 방학을 비롯한 거의 대부분 시간을 강촌, 농촌, 산촌에서 보냈습니다. 육수 같은 땀을 흘리며 촌일에 몰두하기도 했지만 진짜 농업인에 비할 바 아니었습니다. 제흥에 겨워 나대는 취미생활을 넘지는 않았지요. 그래도 직장에서 잘리지 않고 정년퇴직까지 한 건 오로지 주위의 배려와 재택근무(?)가 가능한 문학교수였기에 가능했던 일이었겠지요. 한 생애가 어영부영 그렇게 지나간 듯합니다.

　촌 생활에 남다른 요령이 있거나 자랑거리가 있지는 않습니다. 약초 감별법이나 한옥 건축법, 효과적인 유기농사법을 꿰고 있는 것도 아닙니다. 귀촌을 하면 웰빙하고 힐링하며 멋있게 살 수 있다고 부추기고 싶은 마음도 없습니다.

굳이 글을 쓴 동기를 들자면 마음 편치 못해 찾아든 촌구석, 그래도 잘 사는 삶이란 어떤 것일까? 하는 질문을 잃지 않고 지내왔다는 사실을 들 수밖에 없겠습니다. 굳이 촌에 거주하지 않는다 할지라도, 내게 과분하게도 편안하고 당당한 시간을 경험하게 해준 산 들 강, 자연의 정경들에 얽힌 내적 시공들, 그리고 그 적(敵)들에 대한 숨은 이야기 따위, 이런 얘기도 나누어 가지지 않을까 하는 기대를 하게 된 것입니다.

산업사회는 위장된 명분과 정의를 내세워 모순과 갈등을 정당화하고 내리 자동화하고자 합니다. 사회적 갈등과 존재론적 소외에서 벗어나고자 우리는 갖은 궁리를 합니다. 어디 편승할 데라도 없나 살핍니다. 공동체를 앞세운 극단의 윤리주의가 권해지기도 하고, 막연히 고전적 무릉도원을 펼침으로써 자위하기도 합니다. 과학 만능의 시대에 종교는 광신과 맹신의 영토를 더욱 넓혀갑니다. 아아, 우리는 어떻게 이 함정에서 벗어날 것인가?
우리 같은 범인(凡人)이 답을 알 수는 없습니다. 그저 그런 관심이 나를 떠나게도 하고 붙들어두게도 하고 갈팡질팡하게 하기도 하였을 따름입니다.

일단 자연 가까이 닿으면 거울 앞에 서는 듯 나를 가까이 만나게 되고 구체적인 실천도 용이해지는 것이 아닌가 합니다. 그렇게 하지 않았더라면, 나는 지금도 남의 것을 탐내고 흉내 내기 바쁘게 살고 있을지 모릅니다.

자연은 현실 도피처이자 안식처이기도 하지만 대자적(對自的) 존재의 자유를 회복시키는 적극적인 공간이기도 합니다. 개체적 자유가 공동체적 연대이며 공동체적 연대가 곧 자유인 삶을 경험하는 과정, 거기에 나는 '촌놈 되기'라 말을 붙여 봅니다.

모든 존재는 무한한 우주인 듯하지만 실은 유한한 작은 존재에 불과합니다. 무한성은 꿈이 되고 위로가 되기도 하지만 갈증과 절망을 줍니다. 유한성을 실감할 때 진실과 평화의 눈을 뜨게 됩니다. 유한하므로 바로 볼 수 있고, 작으므로 행복하고 당당할 수 있습니다. 내가 남이며 남이 곧 나인 공동주체의 삶이라 하겠습니다.

자연이라는 큰 우주에서 작은 존재의 유한성을 입체적으로 이해하게 되는 귀촌의 체험. 촌 것 흉내 30년이 내게 준 각성이 여기에 있다 하겠습니다.

젊은 때의 나는 모든 존재가 무한한 가능성으로 빛나야 한다고 믿었고 그곳으로 나아가고자 했습니다. 절대 자유와 절대 평등의 공존지대를 꿈꾸면서 그를 배반하는 현실의 적들에 대응하려 했고, 세상에 만연한 그들의 힘과 권위에 절망하기도 했습니다.

이젠 좀 다릅니다. 모든 존재의 여유로운 유한성, 무한히 상황을 개선하고자 하는 걸음이 느린 존재의 진화를 믿을 때 무한한 가능성은 유한의 거울에 때때로 깃들게 되리라고 생각하는 것입니다.

각설하고 한 마디 들라치면 "아껴 쓰고 만족하기."

이 원고는 월간 『시문학』 2014년 2월호부터 25회 연재되었고 더러 격려의 인사를 받으면서 출판을 결심하게 되었고, 문맥은 두되 수정, 보완한 글입니다.
　연재를 끝낼 즈음엔 주거의 절반쯤은 부산 시내로 옮기게 되었습니다. 지난 얘기들, 묻어버리고 뜰까 하는 마음도 없지 않았지만 글쟁이 노릇을 겸하여 살아온 미련이 책으로까지 묶게 하였습니다.

어린 시절 소풍을 가면, 선생님들은 그때마다 보물찾기를 시켰습니다. 아이들은 보물을 찾으러 와르르 숲속으로 빨려 들었습니다. 그러나 나는 왜 그랬던지, 앞장서 달려가지도 않았고, 보물을 찾지도 못했습니다. 어디로 가야 하지? 저 넓은 숲을 언제 뒤져서 귀한 보물을 찾을 수 있담, 난감해하며 시간을 때웠던 듯합니다.

어른이 되어서야 한때 아무도 보물을 숨기지 않은 산이며 들을 부지런히 쏘다녔습니다. 땀을 흘리기도 하고 씻어내기도 하며 살았습니다. 이따금 그런 어줍잖은 일 중에 뜬금없이 찾아드는 보물을 만날 수도 있었습니다.

이 책에도 여러분이 찾아낼 만한 연필이나 공책 같은 작은 보물이 한둘 숨겨져 있었으면 합니다.

조금 건강하시고 조금 평안하십시오.

2017년 가을에
김해 돛대산에서

차례

3장 **촌놈 되기, 사람 되기**

1장

귀농귀촌의
마음자리

문득 다다른
잡새들의 고향

        귀농, 귀촌이란 말이 본격 회자된 지도 대충 15년여 세월이 되나 봅니다. 그 사이 귀농학교며 야생초교실, 전통 한옥 짓기며 숲속 힐링 체험 같은 강습들이 인기를 모으게 되었습니다. 귀촌을 택하는 이들도 있고, 주말만 촌에서 보내는 세컨드 하우스족도 적지 않고. 주 5일 근무제가 정착되었으니, 직장은 시내에 두고 거주는 시골에서 하는, 출퇴근 귀촌족들도 늘어나는 추세입니다. '얼치기 귀촌'이란 말은 마지막 경우, 주 수입원은 농어촌에 두지 않되, 주거지는 시골에 두고 남새라도 가꾸며 마을 주민들과도 어울려 사는, 촌놈 덜 된 촌놈생활을 이르는 말입니다.

        우리나라 제2의 도시 부산에서 태어나고 자란 제가 인근 군 면 리 주소지로 이주를 결심한 것은 1986년의 일. 나이 30대 후반의 일이었습니다. 당시만 해도 주위 사람들은 뜬금없는 사건이라 반신반의했고 일시적인 해프닝쯤으로 여기는 듯했습니다. 나 역시 이리 오래 눌러살 거란 생각을 하진 못했습니다.

아내와 아이들이 별 저항 없이 따라준 건 가족적 동기가 어느 정도 갖추어져 있었기 때문일 것입니다. 부산 도심에 살 때에도 우리 가족은 틈만 나면 아이들의 외갓집이 있는 농촌이나 원근의 바다로, 산으로 나돌아 다니기를 좋아했고 현지 사람들과도 곧잘 어울리곤 했으니까요. 그래도 촌으로의 이주, 이 대목엔 내가 가끔 가족들의 눈치를 살피는 대목이 있습니다.

　어쨌든 귀촌의 직접적인 계기는 젊음에 있었다 하겠습니다. 오랜 군부 통치와 그에 따른 분노와 절망, 국가와 민족, 산업화와 민주화를 빌미로 하는 소통불가의 집단주의, 이들에 편승한 이기심들이 주는 심적 압박과 회의, 성인 사회에 만연하던 협잡들의 체험과 그에 대한 무력감, 대학사회며 문학사회 구성원들도 예측 밖으로 갖추고 있던 전략성 앞에서 내 젊은 날의 객기가 흐를 장소를 찾지 못한 결과였던 것입니다. 어린 시절의 위안이던 동네 뒷산 배회의 경험, 유일한 종씨 시인 신석정 시인에 대한 추억과 흠모, 70년대 책을 통해 빠져들었던 노장사상(老莊思想)과 원형적 상상력 그리고 원시주의, 자연시 공부에서 맛본 전통 자연사상 등등이 어울려 떠밀어낸 결과라고도 할 것입니다.

　구체적으로 사회로부터 받는 과분한 대접에 대한 스스로의 자괴감도 한몫하였을 겁니다. 1980년 만 서른의 나이에 대학 강단에 서게 되던 때, 나는 강의와 동시에 강의를 그만두고 싶은 심정이 되었습니다. 사학에서 요구하는 능력도 용기도 부족해서 어영부영 타협하며 살아갈 수밖에 없었습니다. 어른이고 아이고 목청 가진 이들은 상호 적대적인 프레임을 덧씌우며 전략적으로 기동전(機動戰)과 진지전(陣地戰)에 몰두하고 있던 상황, 나는 아무리 좋은 벼슬자리라 할지라도 불편을 느끼면서 진득이 붙어 있는 체질이 못 되었습니다. 집단주의적 대결에 심한 알레르기를 앓고 있었습니다. 게다가 5년여 맞벌이 중이었음에도 불구하고 두 아이와 내외가 살 만한 아파트 구입비를 장만할 처지도 못되었습니다. 둘 중 하나는 직장을 그만두기로 하고 촌으로 뜨자는 결심이 그래서 수월했었나 봅니다.

이주(移住) 후 30년, 세 차례 조금 더 한적한 곳으로 집을 옮겨가며 강, 들, 산을 끼고 살았습니다. 이제 텃밭 부치고, 짐승 기르며, 이웃들과 어울리기도 하고 뒤끝 없는 언쟁을 벌이기도 합니다. 마을 뒷산을 휘휘 한 바퀴 돌아오면 조금 더 마음이 편해지고, 캄캄한 숲속에서 조용조용 길을 찾는 일에 짜증을 내지 않습니다. 본토박이들과도 친구가 되어 형, 아우 부르며 5일장 나들이를 하기도 합니다.

내가 산 곳이 소로우(Henry David Thoreau)가 2년간 자연 생활의 지혜를 실천했다는 월든 호수처럼 아름답고 오염되지 않은 자연은 못 될 겁니다. 저 자신 불가(佛家)의 무소유를 본받는다거나 직장마저 버리고 물아일체, 안빈낙도를 즐길 경지에 이르거나 하지는 못했습니다. 우여곡절 겪으며 세월을 보내다 보니 어느덧 내가 촌사람 행세를 하는 자신을 보고 웃음을 머금게 되었고, 어느 정도는 돌아볼 여유도 갖게 된 것이 사실입니다.

촌에 가서 살면 낮에는 꽃 보고 밤에는 별 보며 살겠다고 들 하시지만, 막상 촌에 살자면 그도 녹록지 않은 사업들입니다. 꽃이 지천인 계절에는 풀 매느라 정신이 없고, 평상에 앉아 밤하늘을 감상하자면 수많은 해충들의 공격을 감당해야 합니다. 난로에 군고구마 구워 먹기만 해도 설치에서 관리에 이르기까지 여간 까다로운 절차가 따르는 일이 아닙니다.

요즘 세상에 촌 생활을 무슨 낭만으로 생각하고 뛰어드는 어리석은 이야 있으랴, 말은 그렇게들 합니다. 그러나 날이 갈수록 색다른 멋을 부려보겠다는 욕심에 싸여 오시는 이들이 늘고 있습니다. 그러나 시골 와서 떠억 하니 집을 짓고 나면 건축법 어겨가며 좁쌀만치라도 땅을 더 차지하려 악을 쓰고, 그 후엔 출입금지! 문 걸어 잠그는 이들, 그들의 낭만이란 게 부담스럽기 짝이 없습니다.

무슨 예술인 흉내를 내느라고 갖가지 미술품을 전시하거나 음악회, 시 낭독회 따위를 열면서 원주민들을 초대, 요란을 떠는 전문가(?)들도 있습니다. 순진한 원주민들은 열 일 젖혀두고 불려나와 그들 앞에서 박수를 보내기도 합니다. 하지만 그따위 고추 모종 하나 크는 것보다 대수롭지 않은 잔재주를 감상하려고 자주 찾지는 않습니다. 그들의 과시욕과 상업적인 속내까지 꿰뚫어 봅니다. 전문가들이 받드는 예술성— 그것들 대부분은 전문 촌 어른들 눈에는 배불러서 주물

러낸 손장난에 지나지 않는 것들입니다.

촌에 와서 촌사람들 경계하면서 땅 사고, 뒷짐 지고 문 잠그고 사는 이. 실은 부동산 값 오르기만 기다리는 모양이지만 그 인생은 스스로 마련한 감옥에 스스로 갇히는 꼴이 아닐까요? 그래서 물 좋고 공기 좋아 귀촌했다고 떠들던 그들은 얼마 지나지 않아 도로 떠나곤 합니다. 농어촌 마을에서 어렵잖게 볼 수 있는 빈 전원주택들, 잡초더미 고급 주택들이 바로 섣불리 덤벼들었다가 달아났거나 도망갈 궁리 중인, 억지 춘향들의 허물입니다. 과소비의 현장들이지요.

지금 내가 사는 곳은 세 해 전까지만 해도 유선TV도 들어오지 않던 지역입니다. 지금도 신문은 배달되지 않습니다. 하기야 촌에 살면서 문명의 이기까지 한껏 누릴 수는 없을 테지요. 촌에서 일어날 수 있는 자잘한 사고(事故)들 대부분이 분에 넘게 바라고 누리려는 욕심 때문에 생기는 시행착오라 할 수 있습니다. 유기농 한답시고 덤비다가 한 알의 과실도 따지 못하고, 한 묶음의 고추도 말려보지 못한 일도 있습니다. 키우던 가축을 일시에 잃어버린 일도 있고, 조금 앞서 들어온 고참 얼치기의 텃세를 삭이지 못해 매운 연기 피하듯 이웃의 눈길을 피하기도 했고요.

세월이 지나다 보니 내게 시골 생활의 요령을 물어오는 사람도 생겼습니다. 저는 뭐라고 즉답을 꺼내진 못합니다. 제대로 아는 것이 없는 데다 그때그때 생각나는 게 달라지기도 하니까요.

그래도 말할 기회가 주어진다면 이렇게는 말하고 싶습니다. 무언가 이룩하겠다는 욕심보다 욕심을 줄이겠다는 마음부터 가지라고. 노력의 대가를 바라기보다는 주어지는 만큼 얻겠다는 마음을 가져야 한다고. 얻은 것은 되돌려주고, 잃은 것에 대해서는 미련을 버려야 한다고. 개성을 보이려 하지 말고 개성을 버릴 때라야 더불어 사는 법에 이르게 된다고.

1987년 봄, 내가 처음 대부분의 은행 돈으로 강가 손바닥만 한 땅에 열댓 평짜리 집을 지었을 때, 부동산 사서 돈 벌러 갔을 거라고 샘을 냈다는 B씨. 그는 30년 세월이 지난 지금, 자신은 촌에 살지 않아도 산길 한 번 걷고 오면 자연인이 되고 촌부의 흥을 담게 된다고 합니다. 그래, 그럴 수도 있을 겁니다. 하지만 그만한 영재가 되지 못하는 나로서는 30년 가까이 지난 지금까지 그와 같은 예지력을 갖추기는커녕 속이 더 좁아든 채 살고 있습니다.

아니, 애초 나는 촌맛이나 자연의 멋을 즐기려고 주거지를 옮긴 것이 아니었어요. 누군가를, 무언가를 그리워하면서 가능한 한 현재에서 좀 벗어난 장소에 들고자 했던 것이었습니다. 지금껏 그때의 이주를 현실에서의 도피가 아니라 새로운 모색이었다고 강변하곤 하는 것도 그래서일 것입니다.

지금 와서 촌놈 되기 30년을 미화해서 표현해본다면 미미한 존재의 소박한 저항이었다 할까요? 정면으로 대응하기는 불가능한 벽 앞에서, 미미한 존재의 자기 체벌, 또는 패배의 용기. 니체(Friedrich Nietzsche)의 말을 좇아 인간을 특징짓는 것이 자신을 개선하고 환경을 개선하려는 의지— '권력에의 의지'라 한다면 나의 패배의 용기 또한 나름의 자기실현이요, 환경개선의 의지, 권력에의 의지라 할 수도 있지 않을까 합니다.

이래저래 이주는 아주 자연스러운 듯 실행되었습니다. 조금은 더 담백한 삶을 향한 소박하고 막연한 기대가 나를 잡새들의 고향으로 배 밀듯 밀어낸 것입니다.

돌이켜 보면 귀촌 여러 해 전에 이미 귓속을 맴도는 새소리를 들은 바 있었습니다. 임대 아파트에서의 초여름 아침, 나를 가엾이 보고 웃던, 그지없이 맑던 잡새들 소리.

저 잡새가
무엇을 보고 웃는가?
산(山)물 한 수통 차고 땀 흘리는 새벽 등산길
너니난실네요 네루난실네요
재수 없이 잡새 웃는다
조간신문을 들고 입가의 빵부스러기 훔치며
50동 잿빛 시영아파트 저마다 골똘히 나서는 길을
네루난실네요 너니난실네요
무슨 까닭으로 손뼉 두드리며 웃어대는가
하루를 뻔히 내다보고
밤새 닦은 구두 위에 장미꽃을 피우며
의연하게 살아가는 우리들을 새야, 잡새야 너는

간단하게 웃고 마는가
가만 보니, 지금도 너니난실네요 네루난실네요
저놈의 잡새가 웃어 쌌는다.

- 「잡새 웃는다」 전문

 장성하여 한 가족의 가장이 되긴 했지만 자꾸만 압박해 오
는 편당의 사슬과 왜곡된 명분에 얼굴 가리고 살아야 하는
일상, 그 삶에 대해 '잡새'는 자연의 전언을 마음껏 쏟아내는
제유였겠지요. 그 잡새들, 그 후로 내 집 마당에서는 산비둘
기, 박새, 개똥지바귀 등등의 잡새들도 제 이름을 갖고 무시
로 마당을 드나들게 되었습니다.
 심야의 달빛 아래 나무둥치를 안고 씨름을 하며 내 심장의
박동과 나무의 속이 나누는 체온을 실감하기도 했습니다. 온
산을 뒤지며 나무와 풀과 흙에 대고 노래를 부르기도 했고,
집 나간 개나 기러기, 꺼병이 따위를 찾아 헤매기도 했고, 강
아지들의 출산을 돕느라 진땀을 흘리기도 했습니다.
 나는 직장생활을 계속하면서 장차 밭을 마련할 요량도 세
웠습니다. 아내는 직장이 공립중학교였고 가까이에 마침 중
학교가 있어, 전근이 어렵지 않았습니다만 6개월 일단 휴직
후 퇴직을 하고 말았습니다. 초등학생 아들 둘은 당시만 해
도 학군 좋다던 동대신동을 떠나 한 학년에 한 학급, 스무
명 정도 사이즈의 면 단위 초등학교에서 그럭저럭 적응해갔
습니다.

곡절 끝에 얻은 팁을 미리 좀 드리자면 시골은 아직도 상대적으로 살기 괜찮은 곳이라 할 수 있습니다. 단 정해진 매뉴얼에 길든 사이보그 형이나 정복자 형들에게는 맞지 않는 곳입니다. 자칫 물 버릴 수 있는 이들의 진입은 막아야겠다는 노파심에서 이런 경고를 합니다.

이웃과 함께 울고 웃고 땀 흘릴 마음이 있다면, 집이 없어도 살아갈 집을 얻을 수 있고, 땅이 없어도 땅을 부칠 수 있는 데가 촌입니다. 대단한 건강 체질이 되지 못하는 이들도 어렵지 않게 살 만한 데를 찾아 살 수 있을 것입니다.

먼저 부질없는 욕심일랑 내려놓고 이웃에 마음을 열면 매운 텃세도 녹아내리고, 잡새도 똥개도 스승이 되고 친구가 될 것입니다. 한 되 주면 한 되 넘어 갚으려고 애들 쓰며 사는 많은 촌(村)님들을 이웃으로 모실 수 있을 것입니다.

철판집, 값싸고
마음 편합니다

　　귀촌하려는 분이나 주말 전원생활을 원하는 분, 이들이 제일 중요하게 여기는 일이 아마 주택 문제일 겁니다. 요즘은 시골생활이 곧 '멋진 주택'생활이 아닌가, 하는 생각이 들 정도. 도시의 단독주택들보다 산골이나 바닷가 전원주택들이 훨씬 더 웅장하고 값비싼 재질로 지어지는 것만 보아도 소위 귀촌인들이 얼마나 집짓기에 신경을 쓰는지 짐작이 됩니다.

　　하기야 집은 아주 소중한 공간입니다. 외부 환경으로부터 안전하게 가족을 지켜주는 장소이자, 비(非)세속의, 순수한 안심을 나누고 보호할 수 있는 공간이지요. 주택 전문가들은 재해로부터의 안전성, 효율적이고 합리적인 동선(動線)에 따른 시설배치 즉 능률성, 적절한 채광과 통풍과 위생 설비를 통한 쾌적성 등을 주택의 세 가지 조건으로 들기도 합니다.

　　이런 조건에 비추어보면 내가 사는 집은 남루하기 짝이 없습니다.

　　현재 나에게는 집이 두 채 있습니다. 하나는 밀양 삼랑진 산골의 주택, 또 하나는 김해 대동 산골의 농막. 아이들 결혼해 떠나고, 여차여차해서 부부가 삼랑진 산골에 가서 살던 중에 노모를 모셔야 할 입장이 되었고, 노모께서 삼랑진 집터가 너무 가팔라 살 수 없겠다 하시는 바람에 대동면 개발제한 구역 산중턱에 농막을 지어 지내게 된 거지요. 근데 둘다 크지 않은 컨테이너 하우스에 천막 창고가 달린, 좀 없어 보이는 건축물입니다. 화물의 보관이나 수송에 쓰이는 컨테이너. 그 철제 자재를 집 모양으로 조립한 컨테이너 하우스들이니까요. 어쨌든 컨테이너 하우스에 산 지도 꽤 되었나 봅니다.

하필이면 왜 철판집이냐고, 겨우 컨테이너냐고 묻는 친지도 없지 않아요. 그럴 때면 나는 넌지시 컨테이너 집의 이점을 말해주기도 합니다.

우선 건축비와 공사 기일이 적게 듭니다. 벽돌집이나 목조주택에 비해 세 배 이상 적게 듭니다. 그만큼 집 짓는 일에 시달리지 않을 수 있지요. 자재 운반도 쉬워서 경사 심한 비탈길 운반도 용이합니다. 지붕은 대개 샌드위치 철판 패널을 쓰는데 비가 오는 날이면 비의 강도에 따라 탄주(彈奏, 연주)가 벌어지기도 합니다. 그 외에도 철거가 수월할 뿐 아니라 철거된 자재 대부분이 재사용될 수도 있다는 이점도 있습니다. 철판과 철강을 분리해서 새로운 컨테이너나 다른 구조물로 재사용될 수 있고, 구겨져서 고철로 나가더라도 다시 새 생명을 얻을 수 있답니다. 단열은 스티로폼으로 어렵잖게 해결할 수 있습니다. 무엇보다 시골 생활에는 마당이며 평상이며 돌의자가 다 거실인데, 굳이 커다란 호화 주택을 지어서 관리에 부담 가질 필요는 없다는 생각을 갖게 된 까닭입니다.

나도 한동안 시멘트 벽돌집에서 살았습니다. 아파트를 비롯한 도시의 시멘트 건축들이 폐기될 때를 상상하면서 벽돌집을 부담스러워하면서도. 당장의 폐기 자체도 걱정되거니와 그 폐기물들을 떠안고 살아야 할 다음 세대들에게도 여간 미안하지 않았습니다.

촌에서 시멘트 블록과 벽돌로 집을 지어 살 때였습니다. 실내에 벽돌 수조(水槽)까지 만들어 물고기를 키우기까지 했어요. 하지만 시멘트 독 때문에 야생 붕어며 빙어는 물론, 비단잉어, 금붕어 따위를 일 년 내내 황천길로 내몰아야 했습니다. 그때는 볏짚 가마니로 해독부터 해야 한다는 요령도 알지 못할 때였습니다. 물고기뿐 아니라 식구들도 시멘트 알레르기와 새집증후군에 시달렸습니다.

벽돌집보다 목조주택이나 황토주택이라야 주위 경관에 어울리고, 위신도 서고, 건강에도 좋지 않으냐는 권유가 이어졌습니다. 하기야 아랫마을만 해도 목재와 황토로 이루어진 멋들어진 전원주택이 여러 채 들어섰습니다. 그러나 나는 사방이 황토와 나무와 돌로 이루어진 산골에서 굳이 집 안에까지 죽은 흙과 나무를 끌어들이는 일에 돈과 시간을 쓰고 싶지 않았고 그럴 만한 경제적인 여유를 갖지도 못했습니다. 보잘것없는 몸 누이려고 그만한 투자와 노고를 끌어 붓기가 부담스러웠던 겁니다.

　회색의 도심에다 황토집, 목조집을 지어 웰빙을 꾀한다면 또 모르겠지만, 나무와 흙으로 숲을 이룬 산이나 바닷가에 비싼 돈 주고 죽은 나무와 죽은 흙을 들여앉힐 필요까지야 없지 않을까 하고 자위했다고나 할까요?

　집이란 외양만으로 갖추어지는 것이 아닐 겁니다. 물리적으로 안전하고 능률적인 건축보다 더 소중한 것은 마음의 믿음과 사랑, 편안한 휴식의 가능성이 아니겠습니까?

　옳은 집 갖기란 돈을 들인다고 해결될 일도 아닌, 평생의 과제라 하겠습니다.

　　지하도
　　비틀거리며 걷는 노숙자
　　집이 어디요, 했더니
　　여기.
　　잠시 더 따르자니
　　맨바닥 짚고 반쯤 몸을 눕힌다
　　집이 어디요? 다시 물으니
　　남은 팔마저 쓰러뜨리며
　　여 ~ 기.
　　노래한다
　　눕는 데가 그의 집이다
　　　　　　　　　　　　　　　－「눕는 데가 집이다」 전문

집 없이 떠도는 이들도 많습니다. 떠돌이가 되는 이유는 집이 없다는 이유 때문만은 아닐 겁니다. 집이 있다고 해서 마음속에도 집이 있는 것도 아닐 테고요.

겨울 지하도나 여름철 근린공원에서 노숙자들을 만나고 그들의 몰골을 그냥 지나쳐 가기란 미안하고 가슴 아픈 일입니다. 하지만 그들이 굳이 수용시설로 가지 않고 떠도는 데는 그들만의 이유도 있을 겁니다. 집보다 수용시설보다 세상의 풍경 속에 놓이기가 마음 편해서일 겁니다.

그들의 속을 다 헤아릴 수는 없지만 어느 노숙자가 지극히 편안하게 잠든 모습을 보고 고대 그리스의 철학자 디오게네스(Diogenes)를 연상한 건 얼치기 시인의 망상에 지나지 않는 것일까요?

금욕을 우선시하던 퀴닉 학파의 대표적인 철학자 디오게네스. 기원전 수백 년 전에 이미 문명을 반대하고 원시적이며 소박한 생활을 실천했지요. 죽을 때까지 한 벌의 옷과 자루, 지팡이만을 지니고 살았으며, 나무통 속에서 지냈다 합니다.

덧붙여 수피(지혜로운 자) 일화에 나오는 얘기 하나입니다. 한 부자가 자기 집으로 사람들을 초대해서 집 구경을 시키며 은근히 재력을 과시했습니다. 집 구경을 온 사람들은 집안 곳곳에서 귀중한 예술품과 순금 기둥, 값비싼 보물들을 볼 수 있었습니다. 오랜 시간 모든 보물을 다 보여준 부자가 마당으로 나서며 사람들에게 물었답니다.

"가장 인상 깊었던 게 무엇입니까?"

수피가 말했습니다.

"정말 대단하군요. 이 땅이 이처럼 무거운 것들의 무게를 견뎌내다니 말입니다."

부자가 재물에 연연하는 동안, 지혜로운 자는 땅의 포용력, 인간의 욕망을 용서하고 그 욕망마저 가볍게 드러내며 지탱하는 땅, 자연의 능력에 경탄해마지 않았던 것이지요. 그에게 가진 자의 명리 따위는 관심 밖의 것이었으니.

하이데거는 거주(Dwelling)를 세상과 조화하는 행위로 보았습니다. 거주한다는 것은 개인과 세상의 평화로운 조화를 꾀하는 일이며 인간 존재란 거주에서 가능해진다고 했습니다. 거주란 집이라는 특정한 호화공간에 머무르는 상태가 아니라 조화를 느끼는 상태이고 스스로 세계내존재로서의 의미를 일깨우는 행복한 공간입니다. 호화주택이 있더라도 세상과의 조화를 느끼지 못하고 단절된다면 그건 한 존재의 상실한 부동(浮動)이요, 개체의 폐쇄에 지나지 않는다는 말이기도 합니다.

컨테이너 집에서는 이웃이 더 가깝습니다. 이웃들이 집주인을 편하게 여기게 되고, 그러다 보면 문밖 흙과 나무에게도 더 가까운 이웃이 됩니다. 창문을 열지 않아도, 숲과 흙, 자연은 무시로 창을 넘나들고 벽을 건너 구석구석 찾아옵니다. 마음을 열고 있다면 마음 깊은 데까지도.

산마을 한밤중
개 한 마리 욕지거리로 짖는다

니에미, 니에비
심심해서 개X 개X
공중에 올리는 육두문자.

심심한 주인이 방문 열고 나가
데운 손으로 목덜미 쓰다듬는다

짖던 개 설레설레 꼬리 흔들며
주인의 손자국 안고 제집에 든다

다시 방에 드니
심심한 산달이
창문 넘어 들어온다

산달이 목덜미 어루만지는 동안
집주인 산달 빛 안고
설레설레 꼬리 흔들며 잠이 든다

-「산골 집 잠」 전문

근년에 발표한 시입니다. 강가에 15년 살았고 산골에 산지도 15년. 그리 되다 보니 그런지, 가끔은 인간사나 자연사와 욕심 없이 교유하는 시간을 갖기도 하나 봅니다.

어쨌든 내가 호화 전원주택에서 호사를 누릴 만큼 세상에 세운 공도 없고, 그럴 깜냥도 못 된다는 사실을 알게 된 것도 예순이 가까워서의 배움입니다. 가능한 한 적게 쓰자, 남에게 별로 베풀지는 못하더라도 폐라도 적게 끼치고 살자, 그렇게 생각하는 잔챙이가 좋아진 겁니다. 내가 쓰지 않은 내 것이 요만치라도 남게 된다면 어느 땐가 누군가가 잘 쓰겠다 생각 하면 세상이 한결 따뜻하게 느껴진답니다.

집이란 머무르며 멋 부리기 위한 공간이 아니라 자신과 세 상과의 조화, 즉 거주를 위한 공간입니다. 우리는 좋은 집에 살기 위해 거주하는 것이 아니라 편하게 거주하기 위해 집을 필요로 합니다. 거주란 사람과 자연, 개인과 세계의 교통을 통해 생명 있는 존재의 가치를 발현하는 일입니다. 그런 의미 에서 누구에게나 안심하고 깃들 집이 있었으면 좋겠습니다. 최소한 임대료 걱정하지 않아도 될, 살 만한 임대주택이라도 모두에게 쉽게 보급되었으면 좋겠습니다.

농어촌의 호화주택들, 그나마 주인이 오지 않아 빈 공간으 로 바람만 맞는 호화 전원주택들을 보노라면 우리가 이렇게 낭비하고 살아도 좋은 건지 걱정이 됩니다.

내가 쓰고 남긴 컨테이너 하우스가 언젠가 제 할 일을 마 치고 새로운 모습으로 다시 태어날 때를 상상할 때도 있습니 다. 깨끗하게 뜯겨, 당당하게 새로운 자리에 드실 내 지킴이,

새로운 철의 모습. 분수에 맞춘 평안 위에 덤으로 얻는 부활의 쾌적감, 자위에 지나지 않을지도 모르긴 하지만, 이도 얼치기 촌놈이 맛보는 위안의 하나라 하겠습니다.

도시아이
촌에서 가르치기

　　내가 시골로 이주할 때, 가까운 친지들이 제일 걱정한 문제는 시골의 열악한(?) 교육환경에 있었습니다. 첫아이의 담임교사까지 "영재교육기관에 보내야 할 아이를 촌으로 데려가서야 되겠느냐?" 하며 반대했습니다. 나는 학급당 학생수가 50명이 넘던 당시의 도심 초등학교에 비해 한 학년 숫자가 스무 명 남짓밖에 되지 않던 시골학교야말로 영재교육기관에 다름없지 않느냐고 농담조의 응답을 보냈습니다.

　어쨌거나 우리 두 아들이 새 학교에 적응하기도 녹록지는 않은 모양이었습니다.

　이주 첫해 초가을 저녁, 아내가 나에게 큰아이 걱정을 크게 해댄 일이 있었습니다. 친구들이랑 홍수에 떠내려온 스티로폼을 타고, 판자 조각을 저어 강 건너 갔다 오기 약속을 했다는 것이었습니다.

　아들의 위험한 모험을 말리고 싶었지만 우린 자식과 친구들 간의 약속을 존중하기로 결정을 했습니다. 새 친구들과의 약속인데다 친구들이 동네 토박이들인지라 경험도 있을 것이고, 우리 아이도 수영을 잘하는 편이니 별 탈 없을 거라 믿기로 한 겁니다.

다음 날 저녁 초조하게 기다리던 우리 앞에 아이는 탈진상태로 돌아왔습니다. 약속했던 친구 예닐곱 중에 약속장소에 나온 아이는 일찍 아버지를 여읜 영삼이란 아이와 우리 아이 둘 뿐, 나머지는 부모의 만류로 나오지 못했다 했습니다. 둘이서 물살을 거슬러 강을 가로지르느라 오후 내내 판자조각을 저어대었으니 기진맥진 어깨가 빠질 밖에.

아내는 아이 몰래 멀찍이서 두 소년의 도강을 목격하고 온 터라 그들이 얼마나 애를 먹었는지 대강 알고 있었습니다. 늦은 저녁을 먹은 후에 '끙끙' 앓으며 잠든 아이의 모습이 짜장 측은하기도 했고 대견하기도 했습니다.

자연의 생명력을 온몸으로 느끼면서 스스로를 돌보고 돌아온 아이, 친구와 함께 어려움을 이겨낸 아이…. 한때 전자오락이며, 로봇조립에 빠졌던 아이의 변화가 대견하게 느껴졌던 것입니다. 그 일이 있은 후 우리 아이는 제일 친한 친구를 얻었고, 두 소년의 우정은 오래 계속되었습니다.

그렇게 두 아들은 큰 탈 없이 친구들을 사귀어갔습니다. 어릴 때부터 남달리 잦았던 섬 여행과 외갓집 나들이를 통해 쌓은 시골 이미지 위에 시골 아이들과 어울린 경험도 없지 않았던 까닭일 겁니다.

이반 일리치(Ivan Illich) 신부의 『학교 없는 사회』를 접한 건 그보다 20년이 지난 일입니다만 학교란 가치를 제도화, 관행화하고 경쟁심을 부추겨서 결국 인류 사회를 불행하게 하는 제도에 불과할 뿐이라는 일리치 신부의 진단은 지금 이 땅에 금쪽같이 소중한 절규라 생각됩니다.

모두들 학교 공부가 제자리를 잡아야 한다고 하는데, 학교의 제자리란 것이 입시 전문학원이나 과외 교습소 역할에 묶여 있지 않습니까? 학교의 제자리란 그보다 친구와 이웃들과 어울리며 사는 삶을 배우는 곳이어야 할 텐데요.

경쟁보다 소중한 것이 함께 하는 일이요, 제 몫 이루어 나누는 일이요, 서로의 가치를 북돋우는 일일 것입니다. 이기적인 계발이나 획득보다 함께 맞드는 세상을 향한 도전을 익히는 데에 교육의 가치가 있지 않을까 합니다.

내게도 아이는 소중합니다. 때로는 눈물이 나도록 나무라기도 했지만 메마른 도시생활 중에도 삶의 새싹 같은 기운을 준 생명들입니다. 결혼 후 5년 동안 본가에서 부모님 모시고 살면서 수입 전부를 생활비로 쓰다가 선친의 살림이 좀 펴지게 되자 빈손으로 나와 여남은 평 임대아파트에서 살림을 차렸던 시절, 겨우겨우 걸음을 떼고, 말문을 열어가던 두 아들은 소중한 위안이요 희망이 아닐 수 없었습니다.

겨울밤
아이스크림
아들 두 놈이 잠을 잔다.
은백색 망아지

잔등에서 부숴지는
십구공탄의 금 비늘
분노의 그림자
달게 녹는다.
천막집 소주와
닭 내장 구이의 잔해를 떨며
아비는 옷을 벗는다.
천근만근 누르는
어둠의 큰 엉덩이 밀치며
열세 평 전세 아파트, 밤 내
오므렸다 펴고
오므렸다 펴고
푸릇푸릇 송충이 애벌레처럼

                              -「겨울 송충이」 전문

    1986년에 나온 시집 『멀리뛰기』에는 유독 겨울 이미지가
많습니다. 80년대가 겨울로 상징할 수밖에 없는 시대였기 때
문일 겁니다.「겨울 송충이」는 시간강사를 하던 1980년에 쓴
시. 저녁이면 선술집에 앉아 '쉿쉿' 입조심하는 선배교수, 동
료들과 어울릴 때였습니다. 나는 독선에 빠진 정권과 절치부
심하는 운동권 학생들의 결의, 어느 쪽에도 속엣말을 다 쏟
아놓지 못하는 반거충이였습니다. 나의 망설임과 갈등은 내
아이들로 하여 겨우겨우 씻어 내릴 수 있었던 듯합니다.

지금 우리나라는 최장의 노동시간에 최고의 알코올 소비율과 자살률, 산재율, 이혼율, 교통사고율, 대형사고 사망률이 마음의 여유를 앗아간 나라, 반면에 출산율은 최저인 나라입니다. 이것이 학벌 따기 교육, 친구를 꺾고 나만이 차지하는 방법을 교육했던 가정과 학교가 거둔 성적표가 아닐까요?

일리치는 학교 외에도 병원, 수송체계 등의 과잉 공급과 수요가 빚을 비극에 관해서도 예측했습니다. 그의 예측대로 우리는 이기적이고 인위적인 장수(長壽)의 꿈에 빠져 있고 장거리 해외 관광 경쟁에 길들여지고 말았습니다. 그따위 허영이 낳은 비극은 도처에서 시시때때로 부패 부정 사건, 침몰, 폭파, 대립, 살상 사건을 일으키고 있습니다.

일리치는 또 『공생을 위한 도구』라는 책에서, 아무리 나누어 써도 부작용이 없는 아름다운 세 가지를 든 바도 있거니와 부작용 없이 좋기만 한 세 가지도 언급하였습니다. 그것은 다름 아닌 자전거와 도서관 그리고 시입니다. 자동차보다 자전거, 단절보다는 이웃을 만나고 지혜를 나누는 도서관, 그리고 시. 이 세 가지야말로 인간으로서의 분수를 지키며 서로 교류하며 참삶을 향한 꿈꾸기, 부작용 없고 윤택한 삶의 버팀목들일 것입니다.

우리 아이 둘은 고등학교 졸업 때까지 촌에서 컸습니다. 이웃 아저씨에게 태권도와 유도를 배우고 키우던 닭의 목을 비틀 때에는 먹은 것을 토해내기도 하면서 자랐습니다. 도심에 살 때보다 학업 능력이야 떨어졌겠지만, 나는 아이들이 자연을 보면서 커주기를, 부질없는 욕심에서 헤어나기를 바랐습니다. 아이들을 남달리 오냐오냐 하고 키운 건 아닙니다. 잘못을 마냥 넘기지는 않았고, 아이들은 크게 투정을 하진 않고 성장했습니다.

촌으로 오기 전, 앞의 시와 비슷한 시기에 쓴 시가 또 한 편 있습니다.

아가야, 이를 닦아라
잠자기 전에는 이를 닦아라
네가 먹는 아침식탁 점심 혹은 저녁의
탐욕의 녹
목구멍을 넘기 전에 닦아내어라
이를 닦아라, 아가야
웃음마다 접히는 검은 눈주름
목청에 남아 있는 굴욕의 노래
깨끗이 깨끗이 닦아내어라.
잠 깬 아침에는 다시 이를 닦아라
어제의 쌓은 꿈, 내일 이룰 꿈
타고난 무늬로 닦아내어라.

― 「이 닦기」 전문

나는 우리 아이들이 자연과 사람에 대한 생태적 양심을 잃지 않기를 바랐습니다. 힘에 부칠지라도 이기적 탐욕과 비겁한 굴종에 빠지지 않기를 바라는 마음이었다 하겠습니다.

촌으로 온 후 아이들 공부를 시키느라 연연한 기억은 별로 없습니다. 나도 아내도 교사임용시험을 거쳐 다년간 공립 중등 교사생활을 하기는 했었지만, 실제 자식 교육에는 손방이었습니다. 종종 실수를 저지르기도 했고, 눈물 짜도록 나무라기도 하며 보통 집이 그러려니 하는 수준 이상의 교육을 해내지는 못했습니다.

우리 아이들도 얄미운 나이, 사춘기 열병 다 앓으며 컸습니다. 우리 내외는 아이들이 김해시내의 학원에라도 다녀서 공부를 좀 더 잘해주었으면 싶기도 했지만 녀석들은 불편한 교통도 교통이려니와 학교 밖에서의 개인교습이나 학원 수강은 비양심이요, 불법이란 명분을 내세우며 따르지도 않았습니다.

부산에서 살 때도 그랬지만 여전히 주말이나 방학 때는 놀러가기 싫다는 사춘기 아이들을 꼬셔서 본가로, 외가로, 바다로 산으로 데리고 다녔습니다. 보다 못한 아내의 옛 제자 몇이 번갈아가며 집에 찾아와 아이들의 공부를 도와준 때도 있긴 했습니다.

다행스럽게도 아들들은 장성해서 늦지 않게 결혼했습니다. 세칭 명문대학을 졸업하지는 못했지만 이제는 누가 뭐래도 처자를 거느린 어엿한 가장이 되었습니다. 단 한 차례 외국 여행 경험도 없던 큰아이는 제 처를 따라 프랑크푸르트로

브루나이로 이동해가며 살고 있고, 작은아이는 서울에서 별정직 공무원생활을 하다가 요즘은 제 사무실을 갖고 애들 돌보며 게으름 부리지 않고 살고 있습니다. 남보다 많이 갖거나 높은 지위에 오르지는 못했지만 둘 다 20대에 가정을 이루고, 제 살림 하며 살아가는 것만으로도 즐거움이자 자랑이 아닐 수 없습니다.

독일의 시인 횔덜린(Friedrich Hölderlin). 그는 시 「인간들의 갈채」와 교양소설 『히페리온, 그리스의 은자』에서 자연과 밀착된 삶을 살았던 원시인들을 인간으로 인정하면서 반자연(反自然)으로 전락한 당대의 독일인들을 오히려 야만인, 속물이라 불렀습니다. 그는 권력자가 민중을 지배하기를 당연시하고, 민중은 권력자에게 지배당하는 것을 당연시하는 현실을 반드시 뒤집어져야 할 '궁핍한 시대'라 규정하기도 했습니다.

당장 털옷 입고 집 허물고 돌도끼 들고 자연의 삶으로 돌아가자고 주장하는 것은 아닙니다. 문명의 이기적이고 사악한 속성을 알고 있으면서도 뽑아버리지 못하고 끌려 다니는 우리네 심약이 마음에 걸린다고 할까요? 바로 살기를 바란다면 학교에서나 가정에서나 공허한 명분 뒤에 숨는 기술을 가르칠 것이 아니라 구체적인 삶의 지혜를 따르는, 공통의 가치를 배우는 교육이 요구된다 하겠습니다.

촌에서 공부했기 때문에 우리 아이들이 제 능력만큼 이루지 못하였을까요?

그럴지도 모를 일이긴 합니다. 사회의 동량이 될 영재들이 아비를 잘못 만나 평범한 시민이 되고 만 것인지도 모를 일입니다. 아니 우리 아이들은 촌놈 되기에도 성공한 것 같지는 않아 보입니다. 아무려나, 나는 내 아이들이 보잘것없는 조약돌들이 되었다 할지라도, 삶의 싱거운 맛도 아는 사람, 바람 따라 몸을 눕히기도 하고, 누웠다가는 일어서기도 하며 분수껏 살아가는, 풀꽃 같은 생명을 품은 존재들이기를 바라고 있습니다. 이웃들을 먹잇감으로나 여기면서 나를 중심으로 세상을 조작하려 드는 탐욕스런 승리자가 되지는 않기를 바라는 겁니다.

두 녀석 다 촌으로 돌아와 살 생각들을 하고 있진 않습니다. 하지만 나는 녀석들이 어디에서 무엇을 하든 몸속에 배어 있을 일말의 촌놈근성, 얼치기 촌놈의 저력이 작동할 것을 은근히 믿고 있습니다. 우리가 좋아하는 민주주의란 것도 참여와 실천의 경험에서 오는 것입니다. 촌놈스러운 공동체 참여의 경험은 바로 민주주의의 교육이자 훈련이 되리라 믿는 것입니다.

들을 때마다 새로운 경주 최부잣집의 미담입니다. 조선 후기 10대에 걸쳐 약 300년 동안 만석꾼을 이어온 경주 최부자, 대를 이어 자녀에게 남긴 6가지 가훈 중에는 "사방 백 리 안에 굶어 죽는 사람이 없게 하라." 그리고 '1년 동안 농사로 벌어들인 소득의 3분의 1은 손님 접대나 이웃을 위해 베풀어라."는 조항이 있었습니다. 이 실천을 이어온 후손들은 일제 강점기에는 독립운동자금으로, 광복 후에는 대학 설립에 가문의 모든 재산을 바치고 평범한 시민으로 돌아갔습니다. 노블레스(명예)만큼 오블리주(의무)를 실천한 가문입니다. 명예로운 시민이 더 명예로운 평범한 시민으로 돌아간 아름다운 미담이 아닐 수 없습니다.

촌것 노릇 시작하고자 하는 사람이 있다면 이렇게 권하고 싶습니다. 뛰어난 실력으로 찬란한 업적을 쌓은 분일수록 교육한답시고 이웃들과 아이들의 탐욕과 경쟁심을 부추기지 말자고, 나무 한 그루 심어 키우며 생명 성장의 소소한 권리와 의무와 지혜를 함께 느껴보자고, 자전거 타고 도서관 가서 시집 뽑아 읽으며 다른 사람의 삶의 숨결을 느껴보기도 하자고.

바깥 농사,
남이 지어줍니다

　　나처럼 가끔 시내로 출근하면서 주거는 시골에서 하는 이가 많지는 않습니다. 도시에 살면서 시골에 주말 주택을 가진 사람은 꽤나 있습니다. 전문 농업인이 아니고 시골 토박이도 아닌, 어정잡이 촌것(?)들, 내 말로 반 촌놈들입니다. 이들은 으레 마당에 잔디를 깔고 값비싼 정원석으로 모양을 낸 화훼 밭을 가꿉니다. 전문 농업인들만큼은 아니지만, 꽤나 넓은 채전(菜田)과 과수원— 감이나 매실, 사과 밭을 사들이기도 합니다.

　　하지만 그들의 통 큰 고추밭, 토마토밭, 배추밭 등은 한 두 해 잘 돌보아지는 듯하다가 실패하곤 합니다. 유기농 농사는 그 과정 자체가 힘들거니와 수확해봤자 그걸 대단하게 알아주는 사람도 별로 없기 때문입니다. 유기농 수확으로 과시하고 싶던 숨은 능력은 주위의 무관심 속에 그저 그런 의욕으로 취급되고 맙니다. 수확을 많이 해서 경제적인 수입을 꾀하려 한다면 농사는 차원을 달리해서 임해야 될 것입니다.

　　채소를 가꾸자면 땅을 깊이 갈고 물 조절을 하고, 때맞추어 지지대를 세워 엮어주기도 하고 매일같이 잡초를 뽑아야 합니다. 땡볕과 장마철에 허리 꺾어지게 병해충을 잡아주는 등 일이 예사 많지 않습니다. 좋은 거름 사다 부어서 크고 탐스러운 채소 농사를 했다고, 그것이 맛있고 건강한 채소인 것도 아닙니다. 덩치만 큰 채소로 자기 과시욕을 일시적으로 조금 적시긴 할진 모르지요.

잔디밭에도 잔디 심고 물 준다고 '여기 와 뒹굴며 노세요.' 하며 수월하게 잔디 융단을 펼쳐주는 게 아닙니다. 잡초를 뽑고 키를 깎는 일이 여간 성가시지 않습니다. 열 일 젖혀두고 잔디밭을 가꾼다 해도, 먼 데서 시골까지 찾아와 뒹굴며 즐거워할 이도 별로 없습니다.

얼치기 촌것 생활을 원하는 분들께 우리 내외만의 밭 가꾸기, 마당 돌보기 비법(?)을 알려드릴까 합니다.

내 산골 집은 반반한 데가 별로 없는 가파른 산속이니까 별개로 치고, 노모와 함께 거주 중인 평평한 농막 땅 6백여 평의 경우를 말씀드리지요. 꽤 너른 땅이지만 우리는 잔디밭은커녕 정원이라거나 밭이라 할 만한 공간을 따로 두고 있지 않습니다.

채소를 키우지 않는 건 아닙니다. 채소를 심는 구역은 스무 남은 평, 밭이라 할 규모도 되지 않을뿐더러 밭둑이나 밭고랑도 없는, 그냥 평지에 다름없는 채소 구역일 뿐입니다. 그래도 봄이면 고추, 상추, 토마토, 야콘, 가지 등을 몇 뿌리씩 심고, 가을이면 한 번 더 땅을 갈아 무 배추 등 기본 김장거리를 심을 수 있습니다. 수확양은 우리 세 식구가 제 계절

먹고 우리 냉장고가 넘지 않을 만큼으로 정하고 있습니다.

채소 수확이 적은 대신, 우리 땅에는 사시사철 산야초가 피고 집니다. 채취할 수 있는 야초만 해도 돌냉이, 괭이밥, 곰보배추, 쑥, 머위, 그리고 자운영, 보리뱅이, 달래, 민들레, 돌미나리, 씀바귀, 짚신나물, 뱀밥, 쇠비름, 참비름, 명아주, 익모초, 소루쟁이, 질경이, 엉겅퀴 등등 많습니다. 전통적인 먹거리이자, 피를 맑게 하는 강장제며, 위를 튼튼히 하고 암을 예방한다는 약초들이기도 하지요. 잎도 꽃도 먹거리가 되는 냉이, 민들레, 질경이, 돌미나리, 토끼풀, 씀바귀, 새 쑥 등은 언제라도 무치거나 데쳐서 먹을 수 있습니다.

그래서인지 우리 식구는 마당이란 말을 쓰지 않고 있습니다. 밭이자 마당이자 정원이기도 한 공간, 우리 식구는 어느결에 '바깥'이라는 말을 쓰게 되었습니다. 구체적인 호명이 필요한 경우라면, 입구 쪽이라거나, 아래 칸이라거나 고추 가까이, 동쪽 감나무 아래, 닭장 옆, 개집 앞 등등으로 명명하고 있습니다.

두어 해 모진 농사 흉내 끝에 내외가 얻은 농사 비법은 전문적인 밭농사, 논농사는 전문 농업인들에게 맡기고, 부족하면 사 먹고 얻어먹자는 것, 우리 분수를 조금 알게 된 데서 시작되었습니다. 농사는 최소화하고 마당에 거저 날아와 사는 야초 씨앗들, 그걸 가능한 내쫓지 말고 필요한 만큼 얻어먹자는 것입니다. 부족한 건 씨를 구해다가 뿌리기도 했습니다. 밭을 두지 않는 야초농사(?) 바로 그렇습니다.

흔하기도 하거니와, 약효가 많이 알려진 것은 단연 민들레.
꽃도 잎도 뿌리도 먹을 수 있는 풀입니다. 민들레에도 외래종
노란 민들레와 주로 흰색인 토종민들레가 있는데 토종 흰 민
들레는 외래종만치 생명이 모질지 못해 씨를 받아 와 뿌려두
어도 번식이 어렵습니다.

봄이 되어 개불알꽃, 제비꽃이 피고 나면 먼 데 나가 힘들
게 살다가 어느 날 아침 문득 찾아온 내 아이나 조카들처럼
민들레가 바깥에서 '까르르르' 환호합니다. 바깥은 금세 노오
란 불꽃놀이. 나는 천한 자가 터뜨리는 밝고 귀한 웃음소리
에 귀가 깨끗해지면서 정신 먹먹한 초현실에 빠져들기도 합
니다. 안드로메다 같은 먼 성좌에서 와서 연두색 밤하늘을
수놓는 희고 노란 별들을 보듯 신비스럽기까지 합니다.

가장 낮은 자리에서 밝게 웃는 꽃
민들레.
바위 틈, 잡초 틈, 소나무 밑동
자투리땅에서도 전신이 웃음 되는
사방연속 무늬.
제 영역 없이
남의 발치에서 살아서일까?
마지막은 가장 가벼운 홀씨가 되어
드높이 뜨네.

— 「민들레」 전문

짧은 시이지만 자리에 매이지 않는 낮고 아름다운 생명, 오늘의 지구에서 가진 것 별로 없는 이들이 벌이고 있는 자원봉사에 대한 감동과 존경심, 이런 마음이 깃든 시라 하겠습니다.

바깥농사도 땅을 놀려두고 기다린다고 이루어진 건 아닙니다. 씨가 익는 철이면 들이며 산에서 씨를 받아다 뿌려주기도 하고, 서로 더 크겠다고 다투는 야초들 간의 싸움질도 말리면서 삼사 년 기회를 주고 기다려야 합니다.

야초 중에도 키가 너무 크거나 다른 야초들을 휘감는 놈들은 베어주고 솎아주어야 합니다. 다른 야초에 추근거리기를 일삼는 놈들은 사람에게도 성가십니다. 한삼넝쿨처럼 약재나 식용으로 쓸 수도 있는 놈이지만 다른 야초의 몸을 감고 양분을 빨아대는 것들. 우기(雨期)에는 신발과 바짓가랑이를 금세 젖게 하고 가을에는 씨 침을 꽂아 일보기 어렵게 하는 것들도 정리를 합니다. 우리는 우환이 되는 개망초, 한삼넝쿨, 여우콩, 가막사리, 주홍서나물, 도깨비비늘, 쇠무릎, 지칭개, 달맞이 같은 것들은 속히 뿌리째 뽑아버리거나 잘라주었습니다.

돌보기를 재미로 여기며 묵묵히 기다리다 보면 사람이 자주 나다니는 구역에는 키 작은 야초들― 질경이, 뱀딸기, 개불알풀, 광대나물, 들현호색, 둑새풀, 방동사니, 사초류 따위 예쁜 야초들이 자리를 잡습니다. 이래서 우리 집엔 마당이 따로 없고, 밭이 따로 없고 그저 바깥이 있고 바깥엔 들꽃과 산나물과 약초들이 살게 되었습니다. 야초들뿐 아니라 틈틈이 심어놓은 매실나무, 엄나무, 두릅나무, 화살나무, 가죽나무 헛개나무, 오가피나무, 산딸기나무, 석류나무, 사과나무, 감나무, 뽕나무, 느릅나무, 호두나무, 모과나무 등이 군데군데 또는 저들끼리 모여 계절마다 실과를 제공합니다. 그래 봤자 두릅을 제외하면 한 종류에 두어 그루씩밖에 되지 않긴 하지만.

덕분에 나는 사철 아침에 산야초 주스를 마시고 삽니다. 산야초 책을 들고 현장 답사를 거듭한 아내의 수고 덕분이기도 하지만 무엇보다 허리 숙이고 무릎 꿇고 기다린 덕분이라 할 것입니다. 바람과 물과 햇볕으로부터 받는 혜택입니다.

누구나 전원생활을 할 수 있습니다. 그러나 전원(田園)은 전원(全員)을 받아들이지는 않습니다. 성급히 서둘지 말고 내 땅이 원하는 것도 살펴가며 살아야 얼치기 노릇이라도 하게 됩니다.

우리도 애착이 가는 석류나무 신품종을 물 빠짐이 안 되는 땅에 수십 주 심었다가 실패한 적도 있고, 향나무 가까이 배나무와 모과나무를 두었다가 병해충만 기른 적도 있습니다. 식물에게도 사정이 있다는 걸 간과한 무지의 소치였습니다.

처음엔 자연 가까이 산다는 것만으로도 뿌듯했습니다. 시행착오조차 싫지 않았습니다. 실패해도 먹고 사는 직장이 따로 있었던 데다, 원하는 바를 따른 일이니 긍지조차 느끼고 살았습니다. 세월이 가고 산 들 강에 조금씩 더 가까이 닿으면서 나는 그들이 한없이 너른 품을 지니고 있다고 해서 내가 일방적으로 원하기만 해서는 안 된다는 점을 깨닫게도 되었습니다.

삼십 년 세월, 편리한 도시로 다시 나가서 살아야겠다는 마음이 어찌 일지 않았겠습니까? 하지만 그 유혹의 시간은 그때그때 사라졌습니다. 물 좋고 공기 좋고 인심이 좋아 그런 것도 아닙니다. 바깥과도 그저 미운 정 고운 정 든 식구가 되다 보니 떠날 수 없게 되었다고나 할 것입니다.

> 내 집 마당이 낙동강을 물고 있으니
> 동국반도가 내 것이나 마찬가지
> 낯 씻고 로션 바르면서
> 스무 해 전의 내가 말했다
>
> 세상천지 내 것 아닌 것이 없으니
> 세상천지 내 것인 것이 없구나
> 나무 심고 꽃씨 풀면서
> 십 년 전의 내가 말했다
>
> 코 고는 소리 크고
> 방귀 잦아졌다
> 탄산가스 몇 되 보태고 가는 똥자루 하나
> 꼬끼요- 수탉 소리 따라 해본다
>
> ―「꼬끼요」전문

중국산 정원석을 촘촘히 깔아놓은 잔디 마당, 보기 좋게 다듬어진 관상수가 틈마다 메우고 있는 정원, 날이 갈수록 그건 전원생활이 아니라 문명의 사치에 지나지 않는다는 느낌을 강하게 줍니다. 어떤 행위이건 진정성이 결여되면 불안하고 불편하기 마련이지요. 편리하고 문명적이면서도 시골 맛 나는 생활― 이런 마음의 이중생활은 힘이 듭니다. 몸은 가능할지 몰라도 촌맛은 두 마음의 허영을 용납하지 않습니다. 관리에 넌더리를 내면서도 정원 가꾸기에 매달린다면 그는 촌에 산다 해도 물리적 허영을 벗지 못한 도시인이 아닐까요?

투자용으로 마련한 땅이라면 괜히 전원인 흉내 내지 말고 아예 값이 뛸 때까지 내버려두든지, 관리를 전문가들에게 맡기고 모른 척하는 편이 마을 인심도 해치지 않고 마음도 편할 도리일 것입니다. 촌것의 진정성은 남에게 잘난 존재로 인정받는 망상에 있는 것이 아니라 심지 자체, 야초 같은 촌것이 될 때, 낮은 자도 낮지 않은 삶에 있을 때 가능할 것이라 하겠습니다.

사람― 대단히 뛰어난 동물입니다. 그 뛰어남을 욕망의 크기에 따라 저울질하는 이도 있지만 사람의 더욱 뛰어남은 가능한 한 제 분수만큼의 욕망만을 실현함으로써 만족할 수 있는 지혜에 있지 않을까 합니다. 먹을 만한 입장에 있으니만큼, 돈, 명예 따위 우상을 지상의 가치로 여기지 않고 살아갈 수 있기를 바라는 것입니다.

　밭 없이 바깥에 농사짓기― 이것은 30년 묵은 어정잡이 촌
것 내외의 잔꾀라면 잔꾀일 것입니다. 하지만 산에도 들에도
그의 몫을 떼어주고 나 자신의 원망(願望)과 능력에 맞추다
보면 그따위 잔꾀도 그에 맞는 소리와 색과 열매를 얻을 수
도 있다 할 것입니다.

진짜 자연인

　세칭 '자연인'이 TV 방송 시청률을 올리는 아이템이
되고 있습니다. 방송국마다 산에 살고 물가에 사는 사람 찾
아 '자연인'이라 부릅니다. 오지생활과 채취과정을 동행 취재
하기도 하고 스튜디오로 초대를 하기도 합니다. 우리네 삶이
그만큼 자연인을 그리워하며 살아가는, 비자연적 환경 속에
있다는 증거이기도 하겠습니다.

　진짜 자연인이란 누구일까요?

　생활고에 시달리면서 풀뿌리를 캐던 극소수 심마니, 약초
꾼의 후예들일까요? 세속에서의 욕구불만을 위안받으면서
은일(隱逸)에 들던 양반 선비들의 후예일까요? 아니면 20년
쯤 전부터 자연식이니, 산야초 강좌니 하며 들불처럼 번지는
불로장생의 욕망들, 이를 빌미로 장사를 하는 상인들일까요?
요즘 세상에 진정으로 자연과 교감하며 생태의 품에서 살아
가는 이가 몇 분쯤 있기나 하는 걸까요?

　내가 산마을 강마을에서 만난 사람들 중에는 좋게 볼 수
는 없는 속물이 적지 않았습니다. 나물 채취용 앞치마에 배

낭, 로프까지 매고 절벽 틈이며 바위틈까지 샅샅이 뒤지는 이들이 있고, 턱하니 산중에 무허가 집을 지어 놓고는 술 먹고 노래하며 시끄럽게 구는 이가 있는가 하면, 수염을 기르거나 머리를 깎아 도사나 승려 노릇을 하면서 아등바등 제 욕심 채우기 바쁜 이도 있습니다.

내다 팔 식물 채취에 혈안이 되어 있거나 불로장생할 듯 요란을 떠는 건강집착증을 보이거나, 공공의 하천부지며 주인이 잘 나타나지 않은 남의 땅을 무차별 점유하거나, 툭하면 민원을 넣어 사람 괴롭히는 것이 가짜 자연인들의 특징입니다. 남의 울타리 안에 있는 것조차 말없이 가져갑니다. 남은 나를 이해하는 착한 사람이어야 하고 나는 남의 것도 서슴없이 차지해도 좋은 자연인인 거지요. 도시 생활에서 못 다부린 해작질을 촌에 와서 휘두르는 걸까요? 겉으로는 "나 다비웠네." 하며 도사 흉내는 곧잘 냅니다.

이러니 한때는 자연인을 소개하는 방송국들에 대한 불만이 적지 않았지요. 방송이 수탈 자본논리에 젖어 자연이란 것이 아무리 훔쳐내도 벌 받지 않는, 바보의 곳간 정도로 취급받고 있다는 생각이 든 것입니다. 요새는 모니터 한쪽에 '주인 허락을 받고 채취한다.'는 자막을 깔기도 하지만 그런다고 달라질 건 없습니다. 사이비 자연인들에겐 남의 산 내 산이 없을뿐더러 땅의 몫, 바람의 몫, 햇볕의 몫이 없습니다. 방송이 앞장서서 흥미본위로 촌에서 겉멋 내는 술책이나 채취 기술을 퍼뜨린다면 진짜 자연인을 기다리는 국민적 그리움, 그 위안의 실체마저 물욕(物慾)의 늪으로 밀어 넣는 일이 되지 않겠습니까?

자연인이 세속인 또는 문명인의 반대쪽에 서는 이에 대한 명명이라면 우리가 그리워하는 자연인의 원조는 우리문화 곳곳에서 전해져오는 도사, 신선, 산신령 등에서 찾을 수 있을 겁니다. 그중에서도 산신령은 민간에서 호랑이로 분신하기도 하니, 산(자연)의 수호자이기도 하고, 호랑이를 탄 백발노인의 지혜까지 겸비한, 원조 자연인의 대표라 할 것입니다. 악을 벌하고 인간의 길흉화복을 자연의 이법에 맞추어 다스리기도 하는 초인(超人) 같은 존재였습니다.

흔히 회자되는 이백(李白)의 「산중문답(山中問答)」, 이런 마음도 자연인의 마음일 겁니다.

나는 왜 푸른 산에 사는가 묻네(問余何事棲碧山)
답 없이 웃으니 마음 한가롭네(笑而不答心自閑)

정작 신선의 경지와도 같은 이런 정서는 추상적이긴 하나 자연인의 마음을 보여주는 바가 있지 않은가 합니다. 그리운 자연인의 경지, 그것은 피로한 심신을 다스리는 환자가 아니고, 세상 도움을 받으면서도 세상일을 떠나 사는 국외자도 아니며, 이해타산에 도 터서 자연을 해치는 기회주의자는 더욱 아닐 것입니다. 저마다의 애환을 안고, 쫓기듯 고립된 생활을 이어가는 이들에게도 어울리는 명명도 아닐 겁니다. 자연을 치유의 장으로 쓰거나 생존을 위한 일터로 쓰고 있는 이들 자연인이 우리들 마음의 진짜 자연인에 미친다 할 수는 없을 겁니다.

자연에서 유일한 실재, 생성력 왕성한 실재를 찾았던 니체(Friedrich Nietzsche), 그가 불러 마지않았던 초인이란 존재도 우리가 그리워하는 자연인의 모습에 가까운 것이 아닐까 합니다. 그의 초인이란 세상의 주인으로서의 도덕을 따르는 진정한 자기의 주인이며, 자발적이고 적극적이어서 행함에 내적 거리낌을 갖지 않는 자유로운 인간의 모습이었습니다.

가까이는 타산 없이 살아가는 작은 풀꽃의 경지가 자연인의 모습이라 할 것입니다.

> 청 제비꽃은 올해도
> 작년과 같은 꽃을 피운다.
> 새끼손톱만치 작은 꽃
> 향기 싱거운 꽃
> 쓰잘데없는 꽃을 봄마다 피우다니.
> 그래도 청 제비꽃
> 해마다 식구는 제일 많이 늘인다.
>
> -「청제비꽃」전문

산신령이 되지 못하고 초월적 인간이 되지 못하더라도 이름 모를 작은 풀꽃같이 주어진 환경에서 스스로의 생명을 담백하게 실천하고 살아가는 제비꽃 같은 촌부들의 마음이야 말로 자연인의 기본 덕목을 갖추고 있다 이를 것입니다.

동식물을 먹이로 취하며 생명을 영위하는 거야 당연한 먹이활동이라 하겠습니다. 그러나 연명(延命) 이상, 재물의 저장이나 건강의 연장을 목적으로 하는 이를 자연인이라 부르는 건 상업주의 사회의 착시현상 아닐까요? 자연의 순리를 좇는 것이 아니라 그 반대, 자연을 자본논리로 타산하고 왜곡하는 행위라 할 것입니다.

올해도 각종 언론 매체는 고로쇠의 채취과정과 약효를 과장하며 다투어 사람들의 욕망을 부추길 겁니다. 아슬아슬한 절벽 위의 석이(石耳) 채취, 수십 년 된 나무를 베어버리는 겨우살이 채취 장면을 자연의 모험담으로 그려낼 것입니다. 고로쇠나무, 가래나무에 드릴로 구멍을 파고, 호스를 꽂아 비닐주머니를 매다는 집요한 건강 집착 병을 보여주고 부채질을 일삼을 것입니다. 나 하나 조금 더 길게 살아남자는 야비함, 자제 불능의 정복 습관을 보여주는 건 갖가지 폭력에 길든 제작진의 심중마저 엿보게 하는, 두려운 풍경들입니다.

나는 우리네 옛 선비들을 위로하던 물아일체, 강호한정의 자연도 실천적 자연이라기보다 봉건사회의 관념적인 관행이거나 일시적인 현실 도피책에 가까운 것이었다고 생각합니다. 더불어 일하지 않고 저만의 명리(名利)에 집착하여 도사가 되는 건 자연인이 아니라 그 반대쪽 인위(人爲)의 위선에 가까이 가는 길일 수도 있습니다. 자연인, 그는 신이기도 하고

자연이기도 하지만 무엇보다 자연과 함께 사는 사람다움의
실재가 아닌가 합니다.

자연인, 그는 산삼을 많이 캔다거나 온갖 약초와 유익한
버섯을 잘 구별하고 수십 수백의 단지에 야초 엑기스를 담아
손님을 기다리는 이들을 일컫는 말도 아닐 것입니다. 도심에
살건 개울가에 살건 자연의 질서를 좇는, 받아 든 삶을 묵묵
히 잇는 일을 행복으로 여기는 이일 것입니다. 우리 조상들은
그것을 도(道)라고도 하고, 덕(德)이라고도 하고, 인(仁)이라거
나 연(緣)의 실현이라고도 생각했을 테지요.

현대인들이 자연인의 표상으로 지목하는 이라면 단연 미
국인 소로우(Henry David Thoreau). 따지고 보면 노장(老莊)의
'무위자연'이나 선비들의 강호한정, 물아일체, 안빈낙도 그리
고 불교의 '무소유' 등등이 그의 선배가 되기는 하겠지만 소
로우가 이 시대 자연인의 상징이 되고 있는 것은 그가 미국
인이기 때문만은 아닙니다. 그는 시골 출신도 아니고 자연 속
의 생활을 오래 하지도 않았고 야초와 약초 이름을 꿰고 있
지도 않았습니다. 그의 신념과 삶이 자연인다웠기에 그는 자
연인인 것입니다. 그는 차별의 인습을 이용한 권력의 탐욕과
모순에 저항하면서 자연의 진실을 위해 몸을 던졌습니다. 월
든의 숲 작은 오두막에서 2년여 집을 짓고 산 것도 노예제도
와 멕시코 전쟁에 대한 항의의 표현이었습니다. 인두세 납부
거부로 투옥 당하기도 했고, 노예 해방 운동에도 헌신했습니
다. 그의 정신은 간디의 비무장 독립 운동과 킹 목사의 인권

운동의 원천이 되었다고도 알려져 있습니다.

우리 시인 김삿갓의 일생도 개인적 욕구불만을 유랑 (nomadism)으로 자위하는 데 그치지 않고 세도가의 위선과 사회적 모순에 항거하면서 자연이 현실 되기를 갈구한 실천적 자연인의 그것이었다 할 것입니다.

세상에는 부질없는 논리가 많습니다. 사람들은 다투어 지식을 습득하고 논리를 연마하려 들지요. 하지만 지식과 논리는 스스로의 체제하에 진실을 호도하려고 하고 차별을 유지하려 하고 '이현령비현령' 아무 데나 들어붙기도 합니다. 유행하는 인문학, 사회학, 경제학이 세상을 구하거나 진실을 드러내기는커녕 오히려 원래의 모습을 혼동시키고 사람을 논리의 그물 속에 가두어버리는 꼴을 인간의 역사는 많이도 경험해왔습니다.

자연의 인간은 선한 기질과 악한 기질을 동시에 지니고 태어나나 봅니다. 그중 스스로를 잘 다스려 선한 기질 즉, 제 분수를 알고 자유를 누리는 이라면 자연인이라 부를 것이며, 악한 기질의 유혹에 굴복한, 자신의 욕망을 위하여 축재하고 장식하며 자연을 뒤지고 왜곡하기 일삼는다면 인위지향의 세속인이라 할 것입니다. 그리고 정치와 교육과 법과 언론은 인위를 효과적으로 이루는 방안을 가르치고 퍼뜨리고 있습니다. 따라서 대부분 세속인이 되어 살 수밖에 없는 이 엄혹한 시대에 우리가 그리워하는 자연인이란 자연의 자유정신이며, 자연의 포용과 평등 정신이며 그에 이를 길을 찾는 산신령의 정신이라 할 것입니다. 도심에서도 만나지 못할 건 아니지만, 숲속 아침 햇살 속에서나 굽이도는 냇강에서도 눈물겹게 만날 수 있는 따뜻한 손길. 세상이 험악할수록 우리 각자의 마음에 뚜렷이 자리하는 실체가 아닌가 합니다.

까치산 동쪽 기슭 베고 산 지 삼 년여
나만의 산책길 정해 두었네
당두충 나무 사잇길, 조릿대 사이 오솔길
돌중 안씨가 진돗개 매어 점유한 소나무 숲 에돌아
밀양박씨 가족묘지 올라서면
닫히는 듯 열리는 산길
참나무 잎사귀에 부끄럼 떨고
솔가지에 어깨 걸었다 폈다 하면서
작은 재 오르다 능선 갈아타고
토끼 똥 밟고, 노루 똥 헤아리며 내려서노라면
멧돼지가 매일같이 헤집어놓는 묵은 논뙈기
허리 넘는 잡풀더미 밟고 내리면
언제나 배가 고픈 개 사육장 식구들 짖어대지
그런데 누구일까?
내 산책길
나보다 먼저 밟은 자취 남기네.
일찍 나서도 더 일찍 이슬 떨구고 간 발자취
저녁나절에도 풀 더미 지레 밟고 간 자취 보이네

미끌-끈, 검은 흙에 미끄러지고 간 자국

누구일까?

언제나 나 먼저 다녀가시는

달빛일까? 바람일까? 개 사육장 주인일까?

몰래 사는 산사람일까?

장끼 먼저 날면 뒤따라 까투리 날리시는 이

토끼 똥, 노루 똥 길 가로 밀어놓으시고

숨어서 야금야금 길 다듬어두시는

지금도 야금야금 손질하고 계신 듯하네

- 「은자(隱者)」 전문

자연인은 누구일까? 자연이란 절대 윤리이자 자유이자 정의가 아닐까 합니다. 그것은 한두 마디로 닿을 수 없는 본유(本有)의 관념이자 축적된 경험적 실재입니다. 자연에 대한 관념은 저마다 다를 수 있겠지만, 자연은 각자의 가장 선한 모습, 가장 바른 모습, 따라서 누구나 꿈꾸기도 하고 실천하기도 하는 시공, 자신의 빛과 향기를 갖되 세계의 빛과 향기를 함께 지향하는 공동 감각의 실체라 할 것입니다. 결국 자연인이란 본래적인 사람의 삶을 사는 인간, 자연을 실천하는 이라 할 것입니다.

자연인, 그를 그리워하는 사람이라면 남 앞에 으스대거나 군림하는 대신, 열심히 제 몫을 다하고, 그것도 이웃의 양해하에서 얻어 사는 도리에서 시작해야 하지 않을까 합니다. 만나기 어려운 이, 그러나 세속의 야비함과는 사꾸만 헤어져야 가까이 할 수 있는 이, 하지만 추상의 늪에 빠지지 않은 실재의 그는 우리네 모두의 몸과 마음속에서 지금도 야금야금 길을 내며 다가오고 계시리라 믿습니다.

태극기를 바람에
휘날리세요

　　삼일절 오전입니다. 주중마을 아랫담을 지나 대중천을 끼고 원동마을을 돌아오는 내 산책길. 요 몇 해 사이 멋진 양옥집들이 많이도 들어섰습니다. 하양 계통 돌 외장에 흑대리석 벽재, 세련된 청동기와 지붕들, 고급스런 승용차들, 마치 서양의 어느 고급 주택촌인 듯 변했습니다.

　　삼일절, 그런데 국기가 걸리지 않았네요. 부지런한 김반장 댁, 복분자를 수확한 날이면 지나는 이웃마다 복분자를 쥐어주며 먹어보라던 과부 아지매 집 앞에는 태극기가 펄럭거리고 있는데, 원양선을 여러 척 부렸다는 회장님 댁, 어마어마한 크기의 병원장 새집에는 태극기가 걸리지 않았습니다. 그러고 보니 전체의 반수가 넘는, 이른바 귀촌인들의 새집들 대부분이 무표정입니다. 그들은 역시 세계인이고 자유인이라 태극기 게양은 필요가 없나 봅니다.

　　태극기 게양을 빌미로 전근대적인 국가주의와 애국심을 권하는 건 결코 아닙니다. 억울한 분단민족으로서 남쪽만의 국기 게양은 않겠다거나, 국가도 부르지 않겠다는 결의를 보이는 것이라면 이해하겠습니다. 그러나 필요할 때는 누구보다 앞장서서 애국심 찾고, 국가발전 운운하며 제일 앞장서 챙긴 사람들이 막상은 국기 게양도 않는다면 그것은 경우가 틀리다 할 밖에 없는 '비 사이로 가기' 오만이라 할 밖에요.

삶의 스케일이나 애국심을 따지기 전에 국기 달기란 이웃에 대한 최소한의 예의의 표현이 된다고 나는 생각합니다. 이 풍진 세상에 혼자 고립되고 싶은 이도 있을 수 있습니다. 하지만 촌마을 같은 데서 때맞춰 태극기를 올리는 일은 이웃에 대한 최소한의 신뢰의 표시, 듬성듬성 지붕을 이고 있는 이웃들에 대한 조그마한 선린과 감사의 마음 표시다, 나는 이렇게 생각하는 것입니다.

아무리 가진 것이 많더라도 친구와 이웃이 없다면 불행할 수밖에 없습니다. 호메로스(Homeros)의 『오디세이아』, 주인공 오디세우스는 트로이 원정을 떠나기 전에 자신의 절친 멘토르에게 아들과 아내, 집안의 일을 맡기고 특히 아들 텔레마코스를 훌륭한 인물로 키워줄 것을 부탁합니다. 멘토르는 그 일을 훌륭하게 수행하여 친구의 귀향을 성공적으로 이끄는 역할을 합니다. 우리가 흔히 쓰는 말, '멘토'란 말이 바로 오디세우스의 친구 이름 멘토르에서 유래한 말이라 합니다.

어찌 보면 우리네 사는 것이 순전 이웃의 덕이 아닐까요? 남의 안내와 가르침으로 내 갈 길을 알게 되고, 덕분에 안전을 누리며 살고, 맺힌 울분도 덜어내며 삽니다.

대저 도시사회란 모든 이웃을 적으로 치부하기 마련입니

다. 하지만 모든 이웃은 적이 아니라 친구이고 스승입니다. 귀촌인이 갖출 우선적인 자질도 이웃을 친구로 멘토로, 가까이하고자 하는, 사람에 대한 그리움과 신뢰의 마음에 있지 않을까 합니다.

이웃과 담을 쌓고 사는 것을 자신이 주체적으로 사는 것이라고 착각하는 이, 그는 남(이웃과 친구)을 이용의 대상으로만 여기는 사람이기 쉽습니다. 타인을 경쟁과 비교의 대상이나, 아첨하거나 배척해야 할 대상으로 대하는 것입니다. 스스로를 마음의 감옥에 가두고 나면 자기 자신도 어디에 있는지 모르는 불안과 소외에 빠져 자꾸 문을 잠그게 됩니다.

사람의 주체란 사람들 속에서 형성되고 발휘되어야 하는 것이라고 생각합니다. 사람 가까이 가려는 선린의 의지를 잃는다면 그 자신 정체성을 잃고 있고 사회적 연대와 공평성을 부정하고자 하는 욕망에 사로잡힐 것입니다. 인간에게 이기적인 욕망은 뿌리칠 수 없는 본능일지도 모릅니다. 하지만 이것이 선린의 정신으로 승화되지 않는다면 헤겔(Hegel)의 말처럼 그의 본능은 그를 자연에서 그만큼 멀어지게 하는 변증법적 파멸에 이르게 할 것 아닌가 합니다.

어쨌거나 세상살이를 싸움판이라 여기는 현실입니다. 어떤 싸움에서나 이기는 방법, 승리자가 되려고 하고 승리의 기술이나 익히려고 하지, 왜 싸우는지, 싸우지 않는 행복을 꿈꾸는 이는 의외로 적습니다. 싸움은 의당 피하는 것이 상수(上手)가 아닐까요? 양쪽 다 피해를 보는 싸움이라면 피해 가야

할 것입니다. 설사 지금 득이 된다 해도 나중에 더 큰 손해를
볼 싸움은 그만두어야 합니다. 그렇게 보면 모든 싸움은 잘
피하는 것이야말로 진정 이기는 방도가 되지 않을는지요?

경주 안압지 유물전시장에서 쌍조문원와당(雙鳥紋圓瓦當)이
라는 둥근 기와 조각을 본 적이 있습니다. 수탉 두 마리가 서
로 소리치며 발길질을 하는 그림이었습니다. 한창 싸우는 두
마리의 중간에는 화안히 꽃 한 송이가 새겨져 있었습니다. 두
마리의 싸움질은 싸움도 아니라는 느낌이 들었습니다. 기와
의 둥근 형태와 싸우는 새들 사이의 적당한 간격, 기와는 그
아래쪽의 꽃받침이 신라인다운 싸움의 기술― 싸우면서 싸
우지 않는 기술을 가르치고 있었던 것입니다. 이는 신라의 처
용이 야심한 밤에 귀가하다 방 안에서 제 아내와 외간 남자
의 가랑이가 얽힌 걸 보고도 아량의 유머로 단죄했다는 처용
가 배경설화의 또 다른 구현이기도 한 듯했습니다.

안압지 원형(圓形) 흙 기와
갈기 세운 수탉 두 마리 서로 발길질하며
쌍욕을 퍼붓고 있다
둥근 링 안에서 전투 중인 새들 사이
핑크빛 꽃 한 송이 꽃잎이 넓다
싸우면서 서로 간 근황도 묻고
꽃 돌보며 놀다 다시 싸우곤 하나 보다
마누라 빼앗겨도 잘 놀았다더니*

전투도 미상불 꽃 내 내며 놀기던가?
배반인지 사랑인지
사는지 가는지 모르는 채
살다 가다 했던가?

* '처용설화'에 빗댐

— 「쌍조문원와당(雙鳥紋圓瓦當)」 전문

이제 용서와 화해의 싸움 놀이를 하던 이들은 사라져가고 물질주의와 적자 쟁취의 독점주의가 세상을 뒤엎고 있습니다. 일방적인 승리만을 쟁취하려는 짐승 같은 싸움판이 되고 있습니다. 죄 없는 인명이 살상되어도 내 일이 아니면 모른 척 눈 감는 것이 상책인 몹쓸 세상이 되었습니다.

가진 것이 다르고 성격이 다르고 원하는 바가 다를지라도 서로 다가가는 마음, 서로 존중하는 마음이야말로 귀촌 초입의 마음이 아닐까 합니다. '우리는 하나다'라는 슬로건이 권력이나 재력을 가진 이들의 독선, 독점을 합리화하는 명분인 시절이 없지 않았습니다. 그러나 태극기를 포함한 세상의 모든 깃발은 유치환의 시에서처럼, 누군가를 향한 소리 없는 아우성이며, 푸른 해원을 향하여 흔드는 노스탤지어의 하얀 손수건이라 할 것입니다. 촌마을에서는 더욱 어울리는 손수건들입니다.

우리 사회에는 함께 살면서도 특별히 소외되어 있는 사람들이 많습니다. 하나 되기를 외칠 때, 먼저 차별받고 유린당

하는 이, 외칠 수 없는 사람들의 외침을 듣는 아량부터 가져야 할 것입니다. 자신의 비대한 욕망과 나태부터 제압해야 할 것입니다. 그래서 개인과 공동체의 길항, 융합 과정에서 무지를 몰아내고 이웃이라거나 사랑이라거나 하는 말을 우습게 보는 가짜 자존심을 물리쳐야 할 것입니다.

그래도 '우리는 하나!' 이 말이 우리에게 좋은 느낌을 주는 것은 사실입니다. 이 말 속에 함께 사는 사람이 지향해야 할 양심이 배어 있는 까닭이겠지요. 진정 하나가 되어, 더 큰 나가 되려면 '쌓기'가 아닌, 나누기의 협동을 익혀야 할 것입니다. 협동이란 남의 것으로 내 것을 늘리는 협잡이 아니라 누이 좋고 매부 좋은 상호 이익 챙기기가 아니라, 평화와 행복을 위해 나를 먼저 나누는 일입니다. 남다른 능력으로 행운을 먼저 잡은 이부터 그에게 능력과 행운을 준 동시대 구성원과 사회에 감사해야 합니다. 내가 가진 것, 알고 보면 내 노력과 능력으로 가진 것이 아니라 모두가 남이 준 것, 남이 내게 양보한 것, 내가 남에게서 빌린 것이 아니겠습니까? 그렇습니다. 그래서 내 것은 남의 것, 남의 것 모두가 내 것이 되는 것입니다.

나눔은 인간의 본성이자 인간 생태의 근간입니다. 그것이 아니라면 오늘의 풍요가 있을 리 없고, 하나 되기를 향한 꿈도 없을 것입니다.

그렇게 보면 경향 각지의 시도 때도 없는 축제, 문화제, 영화제, 문학제, 음악회, 전시회, 일 년 내내 이어지는 축구 야구

농구 배구 등 프로 스포츠 경기, 그들보다 우선시돼야 할 일이 없지 않습니다. 직업에 대한 귀천 의식을 불식하고, 교육, 성장, 인권실현의 기회가 실질적으로 균등히 이루어져야 합니다. 의식주(衣食住) 문제에 관해서는 기본적으로 공(公)개념이 적용되어서 삶의 기반이 보장되어야 할 것입니다. 자기가 사는 마을은 자꾸 개발되어서 집값, 땅값이 올라야 하고, 소위 혐오시설은 당연히 남의 마을로 가야 하는 심사, 남의 마을은 개발이 제한되어서 도시의 허파 역할을 해야 한다며 정작은 생태를 교란하는 짓을 되풀이하는 이기심, 이런 심사가 진정한 하나 되기를 저해하는 병인입니다.

진정한 주체란 세계와 일체되는 주체입니다. 주체란 언제나 세계와 개체의 경계에서 진동하는 역동적인 생명입니다. 하이데거(Martin Heidegger)의 삶 속에 있는 현존재, 즉 '세계-내(內)-존재'나, 사르트르(Jean Paul Sartre)가 의식은 다른 존재와의 관계를 통해서만 존재한다는 말, 주변과 자기를 의식하고, 심지어 의식을 의식하면서 존재한다고 한 명언들이 비록 비관적 결말에 이르기는 하지만 개별 존재의 의의란 상황 속에서라야 발휘된다는 사실을 적시한 통찰이었습니다. 우리는 이를 좀 낙관적으로 보아, 내가 있고 남이 있으면서도, 나와 남이 따로 없는 데에서 진정한 생명력이 발현되고, 아름다운 사랑도, 자유도 가능해질 거라 받아들일 수 있지 않을까요? 그것은 이념과 종교와 논리의 구별을 넘어서는 양심과 정의의 품일 겁니다. 주체를 넘어 공동주체가 되고, 공동체를 넘

어 공동주체의 삶이 일상에서 보장될 때 논리를 넘어서는 온
기, 삶에서의 행복을 만나게 되리라 믿는 것입니다.

외로운 사람 곁에 앉으면
나도 외로운 나이

그리운 사람 곁에 앉으면
나도 말없이 그리운 나이

골목골목 만나는 얼굴들이며
창문마다 출렁대는 이름들이여

바람결에 사람 곁에 앉았노라면
스쳐 지난 사람도 외로운 나이

잊었던 얼굴 그렁그렁한 눈빛
글썽글썽 따라서 목메는 나이

- 「따라하는 나이」 전문

혼자 감당할 수 있는 삶은 없습니다. 산, 들, 물가에 아름
다운 것이야 많고 많지만 사람보다 사랑스러운 존재야 어디
에 있으려고요? 사랑하는 사람이야말로 보석보다 소중하고,
이별 후에도 소중하게 다가오는 것이 사람의 인정입니다.

머지않아 우리는 로봇들과도 함께 살아야 할 겁니다. 혹자는 미리부터 로봇과 인간 간의 전쟁을 대비해야 한다고도 합니다. 그보다 우리가 진정 두려워해야 할 것은 사람과 사람 사이의 이웃관계, 공동체 의식이 사라져간다는 사실이 아닐까 합니다. 로봇과 로봇, 인간과 로봇 사이의 전쟁이 일어난다 해도 그 역시 이웃관계를 잃은 인간과 인간 간의 전쟁이 되기 쉽기 때문입니다.

사람은 가장 잘 협동하여왔고 협동을 해야 하는 동물입니다. 협동이란 남의 것을 나누어 내 것을 불리는 협잡이 아니라 내 것을 나누어 나의 것이 됨으로써 더욱 풍요로워지는 하모니입니다. 사람은 생존본능 외에도 가장 깊이 타자를 그리워할 줄 아는 존재입니다.

태극기를 바람에 펄럭이세요. 사는 스케일이 다르고 집 크기가 다르다 할지라도, 정해진 날만이라도 함께 태극기를 펄럭입시다. 그것은 서로 그리워하며 서로 다가가고자 하는 인간성의 최소한의 표현이 될 수도 있을 것입니다. 싸움마저 상생의 번영으로 녹이는 기술, 생명력 넘치는 신라적 싸움의 기술을 익히는 걸음마가 될 수도 있겠습니다.

라보,
0.5톤의 우리집 애마

　　15년 묵은 수동 RV차, 티코를 타고 출퇴근 하다 말들이 많아서 바꾼 출강용 차량입니다. 지금은 일주일에 한 차례 정도만 쓰니 차량보험도 연 1만 킬로미터 이하 주행 특약에 들고 있습니다. 그 외에 대부분의 집일에 쓰는 차가 한 대 더 있습니다. 0.5톤 2인승 라보. 역시 중고로 구입한 수동 경량차, 우리 집 애마입니다. 최근에 들어선 우리 동네 전원주택들 중엔 고급 외제차도 적잖이 보입니다만 우리 애마 경량화물차는 위풍당당, 주위의 주목을 끌며 쌩쌩거리고 돌아다닙니다.

　　촌에 살자면 모래나 시멘트, 가재도구며, 농자재 등등 짐을 나르기도 해야 하지만 몸집이 작은 라보는 좁은 산길 오르내리기에 편하고 시내 골목주차도 편합니다. 그뿐 아니라 친환경 연료에 유지비도 적게 듭니다. 작고 낡았다 해서 기죽진 않습니다. 앞차가 창밖으로 담배꽁초나 오물 투기를 할 땐 당당하게 경적을 누르거나 상향등으로 경고를 주지요. 뒤에서 경고를 보내면 양쪽 깜박이를 켜며 미안하다고 사과하는 이가 있는가 하면 창문을 내리고 되레 큰소리로 욕을 하는 이가 있습니다.

얼마 전에도 앞에 가던 외제 승용차가 운전석 밖으로 담배 꽁초를 홱 던지는 순간, 뒤에서 상향등으로 깜박깜박 경고를 했습니다. 그 차, 속도를 줄여 내 차와 나란히 하더니 창문을 싹 다시 내리는 거 아니겠습니까?

"이 XX야, 왜?" 했습니다. 우리 큰아이뻘 되는 사내였습니다. 나는 "담배 넣어가." 이렇게 대꾸했지요. 그러니까 "너, 내가 누군지 알아?" 하는 거 아니겠어요? "알지, 담배 던지고 가는 XX지!"

마침 경찰 지구대가 가까웠기에 내가 신호를 보내며 차를 멈추라고 하자, 외제차는 그냥 가버렸습니다. 나는 그 외제승용차가 어느 나라 제품인지 얼마짜리인지도 모르고 그가 누구인지도 물론 모릅니다. 단지 차 안에 두었다가 집으로 가져가서 버리면 될 꽁초를 길에 던지는, 돈을 잘못 가진 자이거나, 남 생각 별로 하지 않는 XX란 느낌을 받았을 뿐입니다.

30년 전에 처음 촌 생활을 시작할 때에도 나는 10년 넘은 포니 원을 사서 낙동강을 넘어 직장을 다녔습니다. 주차 후 출발할 때마다 냉각수를 보충해야 했고 운행 중에 시동이 꺼져서 밀고 다니기도 했습니다. 지금 생각하면 타고 다녔다는 사실 자체가 모험이었지요.

내 차의 심각한 고장, 가족들도 이웃들도 모르는 내 고장. 안녕히 다녀오세요. 밤새 기름 치고 닦아내었다. 웃으며 차를 밀고 부모 형제 처자의 이빨 사이 빠져나간다. 안심하라, 여유 있게 웃는다. 지나는 차들에 거수경례를 한다. 잠시 내려서 민다. 은빛 강물이 수은처럼 귓속에서 찰랑거린다. 시간 안에 닿아야 한다. 방게 차 풍뎅이 차 하늘소 코뿔소 차 쌩쌩 잘도 달린다.

연탄내 맡으며 지름길을 찾는다. 밤새 기름 치고 닦아내었는데. 내리막길 내리막길을 찾는다. 차들이 보이지 않을 때까지 손을 흔든다. 언덕 너머에 땀은 흐르고, 웃으며 손을 흔들고, 두 다리 심줄마다 쇠줄을 댄다. 낯선 공터에서 차를 뒤집고 구르지 않는 바퀴를 굴려 본다. 팽그르르 팽그르르 돌아가는 바퀴, 바퀴, 어쩌지, 지금까지 장난감 자동차에 앉아 왔구나!

출근하던 차들이 돌아오고 있다. 장난감 자동차를 사타구니에 낀 채 두 다리를 민다. 손을 흔든다. 웃는다. 그들의 눈에도 보일까? 내 웃음이, 미소의 저편 잘 닦인 총구 같이 반짝이는 은빛 터널이.

- 「내 차」 전문

처음 시작한 촌 생활, 한편으로는 뒤통수를 타격당한 듯한 울분이 따라다니기도 하던 시절이었습니다. 그 한편에는 새 생활에 대한 기대가 없지 않던 때였고요.

그동안 우리나라에는 고급차, 외제차가 많이 늘어났습니

다. 글로벌 경제 시대라 하니, 받아들여야 하겠지요. 내가 받아들이기 싫은 문제는 고급 외국산 차에 있는 것이 아니라, 값비싼 것이라면 잘나가고 무게 있어 보인다는 착각입니다. 비싼 것으로 자신을 가려야 하는 과시욕 말이지요. 낭비벽은 호화아파트, 호화주택, 호화차량, 호화여행, 호화결혼식, 고가(高價) 의상, 고가 식품 등등과 짝을 이룹니다. 매일 밤 불야성을 이루는 소비문화, 고가의 물자낭비와 라벨 추종벽을 시대의 권리인 양 으스대는 꼴들이 사회를 좀먹어가고 있지 않습니까?

공중목욕탕에서 물 쓰는 모습들만 보아도 낭비벽이 실감됩니다. 물을 틀어놓은 채 샴푸를 하는 건 물론 양치질을 하고 운동까지 합니다. 심지어는 온탕 안에서 발가락 사이, 사타구니 사이, 곳곳의 때를 미는 이도 있어요. 눈치를 보아가며 나는 슬쩍 샤워꼭지를 잠그거나 "탕 안에서 때를 밀면 곤란하지 않겠느냐."고 타이르기도 합니다. 병이 여간 깊지 않습니다. 이런 짓들은 내가 돈 내고 내 것 쓰는 행위가 아니라 남의 것을 갈취하는 짓에 다름이 아닌 것을.

밑도 끝도 없는 낭비벽을 멈추면 금단현상과도 같은 초조감이나 불안에 빠지게 되나 봅니다. 비싼 외제차를 타거나 함께 아껴 쓸 물을 혼자 마구 쓴다는 사실 자체에 긍지를 갖는 비뚤어진 성취감은 자신마저 속이는 도착현상에 지나지 않는다 할 겁니다.

담배꽁초를 버리고 0.5톤 경차를 뭉개버릴 듯 소리치던 외제차의 젊은이, 비싼 집에 비싼 옷, 비싼 음식으로 치장해야 하는 가짜 능력들, 이들은 한때의 먹거리를 걱정해야 하는 가족들과 일자리를 찾아 헤매는 청년실업 사태 앞에 보다 투명하게 정체를 드러내고 돈의 출처와 신분공개를 하도록 해야 하지 않을까요?

영상매체가 세계의 구석구석을 속속들이 비추어주고 친절한 설명까지 해주는 데도 비행기가 만원이 되도록 외국 관광을 다녀야 할까요? 몇 발자국 건너 굶주린 사람이 엎드려 있고, 간난으로 동반자살을 감행하는 가족이 속출하는 현실에서 유명 관광지와 유명 식당, 명소를 찾아 돌아다니는 것이 자긍심을 높이는 일일까요? 당장 빈곤 퇴치와 불우이웃 돕기에 나서라는 말은 아닙니다. 혼자 더 누리기보다는 아껴 쓰기라도 해야 하지 않을까요? 아껴서 분수껏 쓰다 보면 싸움이 줄고, 불공평이 줄고, 안심하고 아이를 낳아 기를 수 있는 세상이 그만큼 가까이 올 것입니다. 안심(安心)이 없는 당당함이란 오만에 지나지 않고 정의가 결여된 자유란 독선에 지나지 않습니다.

자존심이 달린 문제이기도 합니다. 오랜 억압과 서양식 물질주의에 함몰되어 도덕이라거나 양심이라거나 정의라는 것을 돌아볼 겨를이 없었던 까닭에, 남보다 많이 갖고 남보다 오래 살아남는다는 데 목을 매고 불공평과 비양심을 대물림하고 있는 게 아닌가 하는 것입니다.

일제하에서 비교적 안정된 교사생활을 하다 일신의 평안

을 박차고 민족독립운동을 선택했던 해공 신익희. 그가 상하이 임시정부에서 활동할 때의 일입니다. 하루는 회의를 마치고 나오는 신익희에게 옆의 동지가 웃으며 말했답니다.

"신 동지, 아무리 없는 형편이지만 양말이 그 정도가 돼서야 되겠소? 양말 바닥이 다 날아가고 없지 않소?"

신익희도 양말이 다 해진 줄이야 알고 있었지만 안 신는 것보다야 발이 덜 시릴 것이라 신고 나왔던 것입니다. 신익희는 이렇게 말했습니다.

"이건 양말이 아니라 발 이불이요, 발 이불"

두 사람은 한참 동안 웃었다고 합니다.

당시 이국땅에서 독립운동을 하던 이 중에 넉넉한 이가 어디 있었겠습니까? 혹독한 추위에도 바닥이 다 닳은 양말이라도 신어야 했던 건 비단 신익희뿐이 아닐 것입니다. 지금의 노인세대, 그 윗세대 대부분이 식민과 전란의 간난을 그렇게 뚫어가며 살아야 했습니다. 함께 사는 양심, 자존심이 있었기에 물질적인 빈곤쯤 소극(笑劇)으로 흘려보낼 수 있었던 것입니다.

요즈음 지구촌 곳곳에 당당히 자리 잡고 있다는 한류문화라는 것도 그렇습니다. 경제 개발이란 허울의 새마을 운동이나, 쓰고 먹고 마시고 노는, 서양의 소비문화 따라 하기를 한류라고 포장해 내보낼 것이 아니라 함께 살고 나누고 사랑하는 한류, 서로서로 주체적 자존감을 나누는 한류, 아껴 쓰고 부지런한, 진정한 문화 한류를 계발하고 함께할 수는 없을까요?

　아직도 우리 사회에는 강력한 통치에 길들여지기를 원하는 집단적 마조히즘, 정의를 내세우면서도 자기 위주의 수직적인 체계 위에 서기를 원하는 아집, 자본 독점의 허상을 좇는 천민자본주의적 탐욕들로 가득합니다. 그래서 우리나라는 상속 억만장자의 비율이 가장 높고, 행복지수는 가장 낮은 나라가 되고 말았습니다. 행복하고자 하면 자존심이 있어야 하고 자존심이란 불필요한 욕심을 버린 이에게 찾아오는 행복이 아닌가 합니다. 긍지가 없는 자만심이란 욕망의 위태로운 곡예에 지나지 않습니다.

　근대자본주의 국가는 하나같이 국가 운영의 목표를 자유와 평등에 두고 있습니다. 하지만 그 실천과정은 여간 부자유하고 불평등하지 않습니다. 목표는 달성될 날이 없고, 자유와 평등이란 권력자들이 조장하고 가진 자들이 누리는 명분에 그치기 십상입니다.

　중심 권력이 통치하는 대신 다수가 참여하는 사회, 효율 제일의 수직적 조직이 아니라 다원적 수평의 지성 사회가 그래서 촌놈의 꿈이 됩니다. 촌맛에 익어가던 20년쯤 전에 쓴 가벼워지기, 「경공법」이란 시입니다.

　　먼지를 떨면
　　몸이 가벼워진다.
　　휘파람 불면

헤어진 이름도 가벼워진다.

하늘은 아름답다. 그는 아무것도 갖지 않았다.

가진 것 없는 날은

주말의 만원열차도 가볍게 온다.

비명(碑銘) 없는 다북쑥 무덤에 기대앉으면

그의 생전 모습만큼이나

나는 얼마나 자유로운가?

긴 긴 터널을 지나

출찰구에 승차권을 던지고 오는

친구여, 너 소매 없는 저고리를 입었구나

시계를 끄르면

이건 무슨 혁명의 가벼움이냐?

김햇벌 개구리, 일시에

포올짝 뛴다.

엉힌 것 죄 토해내고

꺼얼 껄 웃다.

- 「경공법(輕空法)」 전문

내 소년시절, 야릇한 향기를 몸에 배게 했던 헤르만 헤세(Hermann Hesse), 헤세의 문학작품들은 인간의 이성과 감성이 조화를 이루게 하는 매체로 책, 예술, 자연, 이 셋을 권하고 있습니다. 책은 무지의 알을 깨뜨리는 힘을, 자연은 욕망의 알을 깨뜨리는 힘을, 예술은 고정관념의 알을 깨뜨리는 힘을 준다고 일깨웁니다. 이를 사랑해야 할 의무는 아무에게도 없습니다. 어느 것을 더 사랑하는 이, 아무것도 사랑하지 않는 이도 있을 것입니다. 그렇더라도 나는 우리 모두가 허영과 욕심은 가능한 한 줄이고 맑은 개성과 사랑은 더 키워나갔으면 합니다. 그러는 것이 자연에서 나서 자연으로 돌아가는 인간이란 존재의 도리라 생각입니다.

우리는 모두 무(無)에서 왔다가 무로 돌아가는 존재입니다. 아무도 어떤 논리도 이를 부정할 수는 없습니다. 이 무를 자각하고 가까이할 때 우리는 자신의 전(全) 존재에 보다 가까이 다가갈 수 있고, 자신의 행복에 이를 수도 있을 것입니다. 그렇지 않고 유(有)만을 따른다면 만용과 과욕이 주는 불행을 안게 되는 것이 아닌가 합니다.

차라는 것이 이동 수단이기보다 과시의 수단이 되면 사람이 사람을 배반하고 비싼 차에나 매달리는 도구가 됩니다. 촌길 다니기엔 외제차보다 경량차, 라보가 낫습니다. 촌에는 호화주택이나 고급 승용차 외에도 자존감을 부어주는 것이 여럿 있습니다. 책을 골라 읽고, 예술을 사랑하며, 자연을 거스르는 무지와 고정관념으로부터 해방되고자 하노라면 맑은 자존감과 행복에 이르는 길은 누구에게나 열리게 되지 않을까 합니다.

부동산 투기,
투자가 아니라 가로채기다

두어 해 전에 고등학교 교사를 하고 있는 제자의 방문을 받은 적이 있습니다. 20여 년 전엔 꽤 가까이 지냈던 문학도. 그는 수인사를 하자마자 내가 사는 마을 특정 지번의 위치를 물어왔습니다. 그 땅은 경매를 거듭한 물건이라 아주 싸게 살 수 있는데 위치를 찾지 못해 옛 은사인 나를 찾은 것이었습니다. 내가 남의 땅 지번을 알 수야 있나요, 경매에 대해서도 아는 바가 없고. 그와는 이내 헤어졌고 그 후로는 다시 연락이 끊긴 상태입니다.

오랫동안 벗으로 만나는 이 중에도 경매로 산 땅이 자랑인 이가 있습니다. 약관에 강원도에서 제주도까지 군데군데 경매 부동산을 잡아놓아 이따금 개발 보상비를 받기도 하고, 고가 매도의 행운도 얻는다고 은근 자랑입니다. 자식 둘 고액 과외 시켜 의과대학 졸업시키고, 결혼 시킨 후에도 미국 유학비 보내고, 웬만한 월급쟁이의 몇 배 임대수익을 보면서도 나이 70이 가깝도록 아파트 경비 일까지 합니다. 일자리는 다른 이에게 물려주고 사는 게 어떠냐고 권해보지만 그의 논리는 완강합니다. 악착같이 버는 것이 사람 구실을 하는 길이라고.

근본에 힘을 써야 근본이 서게 되거늘(君子務本 本立而道生) 세상의 근본을 거스르는 일이 자랑이 되고, 나의 근본을 무너뜨리는 만행이 자랑이 되는 세상, 사람의 도리와 근본을 잃고, 무엇이 소중한 것인지 모르게 된 세상이 아닌가 합니다. 이래저래 쌓이다 보니 꼭두각시 대통령이며 비선 실세가 끝내 반성 모르고 세상을 농락하는 사태까지 초래하는 것 아닐까요.

땅 투기에 회초리가 될 만한 장자(壯子) 외물편(外物編)의 가르침 하나—

"쓸모없는 것을 알아야 쓸모 있는 것에 대해서도 말할 수 있다. 땅을 예로 들면 땅이란 분명히 넓고 큰 것이지만 사람이 서기 위해서는 발붙일 데만 있으면 된다. 그러나 땅에 발을 딛고 그 주위를 전부 낭떠러지가 되도록 파내려 가보라. 그렇게 되면 그대가 서 있는 그 땅인들 무슨 소용에 닿겠는가?"

정작 내게 필요한 땅은 얼마 되지 않을뿐더러 그나마 내 것 네 것 없이 연결될 때라야 제 구실을 하는 것입니다. 그러므로 남만의 땅도 내 것만인 땅도 없는 것입니다. 지상에 태어난 모든 생명에겐 지상에서 살아갈 권리가 있고, 내 땅은 다른 땅으로 해서 존재 가능하며 남의 땅도 내 땅과 더불어 소중합니다. 땅뿐 아니라 지상의 집이며 아파트란 모든 인간에게 권리 밖의 것이 아닙니다. 이 땅에 태어난 인간이라면 누구에게나 물과 땅과 공기와 햇볕과 장소는 생존의 기본 권리이니까요.

10년여 전에 남해에 상륙, 영남지방에서 울릉도까지 숫제 쓸어버리다시피 하고 지나간 태풍 매미. 태풍이 지나간 후에 궁금해서 나가본 대동 예안리 들판의 풍경에 대한 시가 한 편 있습니다. 사람과 들의 생명력에 경탄한 경험이었지요.

태풍 매미 지난 지 이틀
추석가절 마을은 정전
쓰러진 나무 일받기고
부러진 대문 수리한다.
딸 혼사 앞둔 이장은
날아간 용머리 찾으러 다닌다
초속 오육십 미터의 강풍
이파리랑 열매랑 죄 훑어 가고
빈 줄기만 서릿발처럼 남겨놓았다.
비바람 어디서 피하고 왔는지
매미 우는 소리 요란하다.
늑골이 놀랐는지, 진통제 찾다.
텔레비전이 어둡다. 밥상이 어둡다.
낮 기온은 아직 30도.
냉장고마다 음식 상하고, 마을 어둡다.

—사람들 원망하고 탄식하리라, 히며
늦은 마실 나서니 웬일
어둠 속에 소근 소근
깨밭, 고추밭에서 땀 흘리는 사람 소리.
지씨며, 채씨며 그 부인네
이 허옇게 뽕짝 부르며 들일 하고 있다.
숨었다 나온 보름달
예안 들 구석구석 바삐 비춘다.

-「태풍 매미 지나고」 전문

태풍 후 자기 집 보수도 못한 주민들이 들판에서 노래 부르며 일하는 모습을 보고 오히려 황홀한 전율을 경험한 날이었습니다. 땅이 재생력을 발휘하는 동안 촌부들의 뽕짝 가락이 땅의 상처를 쓰다듬고 기운을 북돋우는 듯했습니다. 지상의 모든 땅이 그들의 것인 것만 같았습니다.

내 땅만 살피고 있으면 땅의 아름다움을 보지 못하고 먹을거리를 얻을 수도 없습니다. 남의 땅과 함께일 때 나의 땅도 제 기능과 가치를 발휘하게 됩니다. 진정 땅에 임자가 있다면 땅을 받아들이고 땅과 함께 살아가는 이들일 것입니다. 땅투기란 내 땅을 넓히는 일이 아니라 남의 땅을 가로채는 짓입니다. 눈에 불을 켜고 경매 물건을 찾아다니는 짓이란 남의 피를 빨아대는 흡혈 행위에 다름없지 않을까 합니다.

일찍이 토머스 모어(Thomas More)의 명저 『유토피아』는 유토피아란 '사유재산의 폐지, '재화의 평등한 배분'에 의해서 이루어진다고 일깨웠습니다. 마르크스와 엥겔스에 견줘 300년 이상 앞서는 각성이었습니다. 모든 것이 재화로 평가되는 곳에서는 진정한 정의와 번영은 있을 수 없고, 세상의 가장 좋은 것들은 결국 가장 못된 극소수 사람들의 수중에 놓이게 되는 까닭입니다.

인간이란 그 어떤 목적을 위한 수단이나 도구가 아니라 그 자체 지고한 목적이기에 자유와 행복이란 모든 인간이 공유해야 할 가치입니다. 이를 위해 유토피아의 주민들은 배움을 통해 물질 축적의 재주가 아니라 자유와 행복에 관한 지성을 쌓아야 합니다. '거짓 쾌락'을 경계해야 합니다. 거짓 쾌락이란 재화를 모으는 데 집착하는 것, 높은 신분이나 권위를 자랑하는 것, 화려한 외양으로 남의 부러움을 사는 것 등등이라 했습니다.

토머스 모어는 후세의 거짓된 자들이 요란하게 법을 만들어 자기 합리화를 꾀하리라는 것도 예측했던 모양입니다. 그래서 유토피아란 간단한 몇 개의 법만으로도 잘 통치되는 나라이며 정신적 쾌락을 탐구하는 즐거움, 올바르게 사는 삶의 만족감, 미래의 행복에 대한 확실한 전망을 가지는 곳이라고 했습니다. 그곳은 어른에 대한 예절과 존경심을 가지고 어른은 어린 사람들에게도 골고루 나누어주는 자애(慈愛)를 베푸는 나라, 개인의 욕망보다 더불어 사는 행복이 삶의 목표인 나라, 일상이 교육의 장이며 일상의 교육을 통해 조화로운 관계— 나눔, 배려, 예의, 공경이 몸에 배는 나라입니다.

오늘의 인간사회는 일견 풍요롭고 자유스러워진 듯하지만 그가 말한 유토피아에서는 거리가 더욱 멀어진 듯합니다. 일상이 배반이요, 부정이며 편법인 사회, 끝없이 최적자를 향한 스트레스에 시달리며 투쟁, 투기, 탈법, 편법에 목을 매는 세상입니다. 모어의 유토피아는 M. 푸코(Michel Foucault)의 헤테로피아로 나타나기도 합니다. 그곳은 맑시즘처럼 상대를 뒤엎는 투쟁을 전제하는 것이 아니라, 일상의 교육을 통해, 욕심 덜한 노인의 지혜를 빌려 현실화한다는 점에서 주목된다 하겠습니다.

인간의 행복이란 근본을 깨닫고 실천하는 바탕 위에서라야 이루어질 것입니다. 땅이나 삶이나 내 것이 남의 것이요, 남이 나와 마찬가지 권리를 가진다는 사실을 깨닫는 이의 것입니다. 내가 나를 도구로 쓰지 않고 가치와 긍지를 위해 쓰고자 한다면 많은 것을 독차지하지는 못하더라도 평안과 안심의 삶을 영위할 수는 있을 것입니다. 식은 밥, 나물 쌈도 즐거운 성찬이 된다는 건 이럴 경우의 얘기일 것입니다.

조선말 동학농민운동의 지도자 전봉준의 어린 시절, 서당에서 있었던 일화 하나— 누군가가 훈장님이 아끼던 책을 갈기갈기 찢어놓은 일이 있었습니다. 훈장은 호통을 치며 아이들에게 범인을 대라고 호통을 쳤지요. 밤을 새워서라도 범인을 가려내겠다고 붙잡아두었습니다. 그때 자신이 범인임을 자백한 아이가 있었으니, 그가 전봉준이었습니다. 그는 그 죄로 매질을 감수하고 매일 매일의 청소를 감당해야 했습니다. 한참 후에 책을 찢은 진짜 범인은 훈장의 손자란 사실이 밝혀졌습니다. 훈장은 미안해하면서 "그때 왜 네가 하지도 않은 일을 했다고 했느냐?" 하고 물었습니다. 소년 전봉준의 대답인즉, "그날 범인을 찾느라고 모두들 집에 돌아가지 못하였다면 다음 날 모두가 집안일, 농사일을 도울 수 없을 것 같아 그랬습니다."

훈장은 그때 전봉준의 그릇을 짐작했고 후에 그가 의로운 길로 나서는 데 최선을 다해 도왔다고 합니다.

귀촌인들의 귀촌에는 대개 벽이 없는 세계에 대한 동경이 있고, 촌의 매력이란 우선 벽이 없다는 데 있는 것도 사실입니다. 그러나 그가 투기심을 감추고 있다면 그는 이미 벽 아래 위장하고 있고 벽이 없는 세계에는 진입하지 못할 사슬에 스스로 묶여 있는 셈이라 할 것입니다.

전봉준처럼 앞장서서 혼자 내 것과 남의 것을 같이 여기기란 어렵습니다. 사회적인 윤리 시스템이 갖추어져야 가능한 얘기입니다. 진정 법이 필요한 데는 이 지점에 있을 것입니다. 온갖 권모술수와 눈치에 얼룩진 법은 버려야 합니다. 양심을 찾고 궁극의 행복을 찾는, 법의 천진성이 회복돼야 할 것입니다. 비열한 권모술수를 명석함으로 왜곡하고 남의 땅 빼앗는 짓을 불가피한 자유경제로 미화하지 않아야 합니다. 간단한 법, 돈으로 모은 땅문서보다 소중한 것이 땅 위에서의 하룻밤 단잠임을 고백하는 법이어야 할 것입니다.

땅 위에서의 단잠, 그것은 남을 해치지 않는 일을 통해서나 가능한 일이 아닐까 합니다. 인간이란 자연에 슬기롭게 대처하는 일을 통해 자신을 성찰하고 실현하며, 환경을 개선해나가는 본성의 존재입니다. 이런 의미에서 노동이 인간의 본질이며 의식이 발전해가는 원동력이라고 한 헤겔(Hegel)의 변증법의 배경을 음미해도 좋을 것입니다.

젊은 시절, 모기, 이, 벼룩 같은 흡혈 곤충들을 때려잡았을 때, 나는 잊고 있었던 사람의 피를 보고는 묘한 두려움과 가책을 느낀 적이 있습니다. 엄혹한 군사정권 시절, 온갖 명분의 긴급 조치와 구호가 공허하게 나부끼던 시절, 모기를 때려 쳐서 손바닥에 고인 사람의 피를 보면서 잊고 살던 사람의 본래적 가치를 반추했던 것입니다. 사람 찾기 어렵던 시절이었으니까요.

그래 가거라
너를 노리는 바람
코를 꿸 향기가 기다릴지라도
가거라, 빈 근골(筋骨)에
사람피를 채워 오너라.
불빛이
불빛에 감추었던 적막을 세워들고
침묵이
침묵에 감추었던 비수를 꺼내

전신을 가른다 해도

인적(人跡)을 따라 가거라.

느닷없는 폭격에

산지사방 흩어질지라도

가거라, 아비가 도울 수 없는

그 길은 스스로 가야 할 길이다.

덧없이 살아보는 빈병처리장에서

때로 죽음은 삶보다 건전한 음모

사람 피에 젖은 채

죽어도 그건 사람처럼 죽는 길이다.

- 「모기아비가 아기모기에게」 전문

　땅은 법 이전에 모든 생명의 공동 자산입니다. 부동산 투기는 투자가 아니라 강탈입니다. 필요한 만큼 배려 받는 일은 필요한 만큼 배려하는 일이요, 그것이 사람의 피가 말하는 양심의 소리가 아닐까 합니다.

농투성이 부부의
너른 마당

근대 미래학의 창시자 앨빈 토플러(Alvin Toffler). 미 래학의 교과서라 불리는 그의 『제3의 물결』에서는 문명의 발 전 단계를 세 가지의 물결로 설명하고 있습니다. 제1의 물결 은 수렵과 채집 생활에서 농경 문명으로의 혁명적인 발전, 제 2의 물결은 대량생산, 대량교육 그리고 관료조직에 의해 움 직이는 표준화, 중앙화, 효율화의 고도 산업사회, 제3의 물결 이란 제2의 물결을 지역화, 개별화, 다양화로 변화시키는 포 용의 물결 즉, 사소한 것들끼리 충분히 소통하는 정신적 네 트워크의 물결입니다. 서로 소통하고 더불어 상생하는 제3 의 물결이 나아가는 사회— 경제성장과 기술발전을 지속가 능한 속도로 조절해 나가는 상생의 사회를 그는 프랙토피아 (practopia)라고도 불렀습니다.

제3의 물결에 이르기 위해서 개인은 물질적인 희생을 감수 할 수도 있습니다. 일시에 모든 사람이 같은 교육을 받고 같 은 마음을 가질 수 없으니, 이를 먼저 깨달은 이들은 따지자 면 손해를 볼 수도 있고, 갈등과 소외에 빠질 수도 있습니다.

그것이 비록 일시적이고 반전의 행복을 예비하고 있을지라도. 제3의 물결이 갖는 포용의 따뜻함은 그의 인내와 헌신을 여유와 즐거움으로 어루만지고, 상생의 행복감이란 새로운 희열에 젖게 할 수도 있을 것이란 얘기입니다.

그렇더라도 지금 이 땅에서 프랙토피아를 실천하기 힘 드는 건 사실입니다. 촌사람들조차 고도산업사회의 표준화, 효율화, 대량화의 물결에 매료되어 이기적인 권위의 울타리에 갇힌 까닭입니다. 어정쩡한 새 귀촌인한테 인사 받기, 내 편 만들어 마을의 중앙이 되기, 촌마을 개발비, 복지비 이기적으로 집행하기, 일 적게 하고 큰돈 벌기, 아무도 몰래 저물녘에 비닐 태우기 등등 부지중에 생명의 포용성을 잃은 욕망들을 관습화하고 있는 것입니다.

촌 생활 30년에 내가 만나고 목격한 이 중에서 자연과 이웃과 더불어 소통하며 상생하고자 하는 이, 사실 몇 되지 않습니다. 그래도 삼랑진 산골에서 만난 장성옥 씨 부부는 내게 감동을 준 이들이고, 비슷한 또래이기도 해서 보지 않으면 이따금 생각이 나고, 가끔 만나면 장터 음식이나 아귀찜을 함께 사 먹는 벗이 되었습니다.

무엇보다 그는 나에게 인사를 먼저 건네준 몇 안 되는 토박이입니다. 인사를 건넸을 뿐 아니라, 노동에 서툰 내가 흙을 파고 나무를 심는 꼴을 보고는 안쓰러운 마음이 들었는지, "뭐 좀 도와드릴까요?" 하는 선린의 참견까지 건네주었습니다. 별거 아닌 듯 여길 수도 있겠습니다. 우리네 머릿속엔

마르크스가 열망했던 '원시공동체'마저 들어앉아 있으니까, 웬만한 미담엔 감동이 따르기 어렵지요. 하지만 우리네 삶에서 선린의 참견, 나의 능력을 나누려는 자발적인 우의란 얼마나 결여된 것이며 귀한 것일지?

그의 말마따나 중학교를 다니는 둥 마는 둥 한 짧은 가방끈, 곰 발바닥같이 굳은살 박인 손바닥, 하지만 그의 무표정 속의 다정함, 남을 배려하는 소박한 언행이 깊은 산에서 만난 옹달샘같이 느껴졌습니다. 요샛말로, 갑의 위치에 있는 이가 을에게 먼저 친절을 보이는 드문 사례가 그에게는 드물지 않는 일 같아 보였습니다.

여러 해 전에 그에 대해 쓴 이야기 시가 있습니다. 내가 쓴 시 중에 구체적으로 타인의 성명을 내세운 시는 처음이었지 싶습니다.

우곡마을 새마을 지도자 장성옥(남, 58) 씨ー. 식구 많고 농사 없고 술 좋아하는 농투성이의 맏아들. 농사일 집안일에 가방끈 일찍 잘랐지만, 재주 많고 몸 가벼워서 제 이름 한방딸기 백화점에 출하하는 딸기 연구가.

먹는 둥 마는 둥 끼니 때우고, 나락 지게에서 똥장군까지, 키 키울 새도 없이 노총각 되었다가 오촌 당숙모 덕에 여섯 살 아래 꽃보살 정삼자양을 맞게 되었는데

첫날밤ー 막상 볼 일을 볼 수 없더란다. 싫어서도 아니고 좋아서도 아니고 마음 너무 벅차서였단다. 배추 속 같

고 가오리연 같고 수밀도 복숭 같은 선녀가 날개옷 벗어 들고 굴러왔으니-, 벅찬 만큼 걱정도 많아 불면 날아갈 것 같고 귀신이 채갈 것 같고 꿈인지 생시인지도 모르겠고 그래 볼 일 볼 수 없더란다.

밤이 깊어 달빛 잦아들 즈음 어깨를 찔러보고 머리 갖다 대보고 가까스로 소매 채를 당겨보다가 손안에 손이 들고 손바닥에 손바닥이 닿게 되었다나. 그러다가 아차 눈앞에 불이 번쩍 이게 내 사람이구나 부리나케 대어든 사유 있으니, 신부 손바닥에 까칠 까칠 굳은살 도탑더란다. 날아갈 선녀 아니고 복사꽃 속잎도 아닌 일하는 각시 손이더란다. 이제 되었구나, 내 사람이로구나 싶으니, 그때서야 몸과 마음이 한데 모여 기운 불끈 볼 일 거푸 보게 되었고 날 밝자 코피 필필 나더란다. 여물고 도타운 각시 손바닥에 사내 뺨 문질러대며 내 할 일 하마, 내 할 일 하마, 다짐하였더란다.

- 「농업인 장승옥씨의 첫날밤」 전문

그는 가족 부양을 위해 어릴 적부터 농사일을 해왔습니다. 자랑거리가 있다면 학벌도 인맥도 투기사업도 아닌, 땅에서 딸기농사 하며 흘린 땀. 동생들 교육에도 한몫하면서 한몫하는 줄도 모르고 살아온 인생입니다. 이제 "이게 내 연금"이라며 애써 가꾸고 세운 펜션을 보여주기에 이르렀고 마을 이장을 맡게도 되었습니다.

제2의 물결이란 효율적 산업화의 격랑이 이른바 정보화 사회로 진입하면서 우리나라는 세대교체도 더디거니와 좀처럼 계층 이동도 이루어지지 않는 사회가 되었습니다. 가진 게 없고는 정보 선점(先占)이 이루어질 리 없으니, 교육 시스템부터 계층 이동을 더욱 가로막고, 편법과 특혜와 탈법에 의해 이른바 금수저를 물고 나온 애는 금수저질을 하는 어른이 되고, 흙수저를 물고 나온 애는 더 오래 흙수저질을 해야 하는 세상이 되는 것입니다. 날이 갈수록 장성옥 씨처럼 소같이 일을 해낼 이도 찾기 어렵겠지만, 있다 해도 펜션 연금 마련하기 어려운 세상이 되는 것입니다.

　우리 세대의 잘못이라 하겠습니다. 우리 세대는 궁핍한 어린 시절을 보내면서 죽자고 땀을 흘린 산업화 세대이기도 하지만 그만큼 세상을 오염시키고 마음의 타락을 초래한 세대이기도 합니다. 오염은 전통의 파괴, 생태의 파괴, 인간성 파괴에 이르기까지 광범위하게 자행되었습니다. 세상은 비열한 탐욕을 갖은 명분으로 위장해왔습니다. 외국 유람, 외국 유학이 국민문화가 되고, 수단 불구의 쟁취와 치고 빠지기의 한탕주의 패덕이 능력으로 둔갑하였습니다. 사회적 책임은 회피하면서 단맛만 빨아들이는 상업주의가 권장되고 현명한 처세로 행세하게 되었습니다.

　성격이 좀 까칠까칠한 데가 없지 않은 장성옥 씨가 내 일상에 불쑥불쑥 생각나는 건 어디까지나 상식선을 지키고자 하고 남의 사정에 관심을 기울이며 힘을 보탤 줄 아는 미덕,

스스로의 한계를 알듯 남의 한계도 쓰다듬어줄 줄 아는 솔직
성 때문일 것입니다.

그는 늦게서야 가난한 집 셋째 딸, 가난하지만 얼굴 맑고
손바닥 두터운 정(鄭)모 처녀와 결혼하게 되었답니다. 다음은
졸시, 「정삼자 여사의 마당 깊은 집」 전문.

수산리 반마을 언덕배기 작고 낡은 초가 흙벽이 우리 집
이었지. 마당이라 해야 있으나 마나 해서 거적 하나 깔고
짚단 쌓아 놓으면 툇마루며 안방이 맨발에 통했지. 동네
마실이라도 갈라치면 쐐기풀에 다리 베면서 휘 휘 휘추리
흔들면서 아래로 독사 쫓고 위로 땡벌 쫓았지.

그래도 어째 맨날 웃고 살았나 몰라. 땅 없고 돈 없고
내세울 거 없고. 있다고 해야 보름달 같은 어미 이마빡 아
래 박꽃 같은 딸 셋 늘 발갛게 익어 있던 뽈때기.

달빛 아래 호롱불 아래 식구대로 마주보고 손바닥 발바
닥 비벼대면서 가마니 짜기, 지금도 왜 웃음 피는지 몰라.
찐 강냉이 삶은 고구마 향에 달님도 늦도록 가마니에 머물
다 갔어.

마당 없는 집 딸에게 제일 부럽던 것이 마당 쓰는 일.
어른이고 아이고 억센 대빗자리로 쏴아 쏴아 저그 집 마당
쓰는 것 보면 근지럽던 등떼기조차 시원해져서 남의 마당
앞에 등짝 갖다 대고 마당 쓸기 구경삼기도 했어.

스물셋에 나중에 시숙 되는 어른이 총각 선보일 때까지

도 남자 중에 별 남자 있는 줄 몰라, 그저 마당 깊은 집 사내이기를, 쏴아-! 대빗자리질을 하면 말짱 웃어재끼는 너른 마당 있는 집 사내이기만을 바랬지.

그리 될라 하니 눈에 콩깍지가 쓰였던지, 농토 없는 농투성이 시부모 밑에 줄줄이 잔식구들 딸린 집 맏이 노총각. 그래도 정말이라, 마음에 들데. 마당 하나 너른 거 보니 시원타 싶고 할 일 하겠다 싶고 시집식구 대번에 한식구거니 여겨지데.

누가 뭐라 해도 내 생각이 맞았어. 노타리 치고 거름 넣고 모종 심고, 몸 세우다 눈앞이 어질어질 뼈마디 쑤시는 순간에도 깊은 마당 우물 속 물 익는 냄새가 나를 건지고, 쏴아쏴아 비질소리 바람마다 차랑차랑 예쁜 등불 걸어주었어.

동네서는 모질고 빡새다는 장서방이지만 천만에, 내 동네고 남 동네고 노는 땅만 보면 모 내고 딸기 내고 수박 내니, 속에까지 크고 깊은 마당 하나 안고 있는 기라. 남몰래 한없이 속이 널러서 긁어도 시원코 갈아도 내내 말짱하던 것을.

이제 아들 딸 다 커서 대처에서 제 입 벌이 하고, 새벽이슬 밤 이파리 묻히는 일 없이 밤이고 새벽이고 빗자리질해온 마당에 때때로 까투리도 내려와 앉고 놀갱이도 기웃거리고 마당 널러 일하기 싫증나는 때 없다.

오늘도 설날 청마루 닦듯 마당 닦는다. 그래 누가 마당이고 도망갈까 표시를 한다.

나는 중국 최고의 시 「귀거래사」, 「도화원기」의 시인 도연명(陶淵明, 365~427)을 존중하지만 그와 관련한 일화 중, 팽택현령이 된 지 80여 일 만에 관료생활을 마감하고, 은둔생활에 들어간 유명한 일화는 달가워하지 않습니다. 말단 관료가 "순찰관이 순찰을 온다고 하니 의관을 정제하고 맞이하십시오" 하자, 도연명은 "오두미(五斗米 : 월급) 때문에 향리의 소인에게 허리 굽혀가며 섬길 수는 없다"라며 사임해버렸다는 일화. 후세인들은 여기에서 고고한 자연인의 모습과 선비정신을 찾기도 합니다만 나는 이 일화에서 직책의 높낮이에 대한 편견과 추상적 자기중심주의가 읽혀 부담스러운 것입니다. 대표적인 자유의 시인의 자유 속에 직위에 대한 당대의 인위적 관습과 추상적인 선비상에 길든 모습 같아서입니다.

장성옥 씨 부부가 가끔 생각나는 것은 그들에게서는 구체적인 행복과 긍지의 향기 같은 것을 느낄 수 있기 때문입니다. 그들을 만나고 나면 몸이 가난해야 마음이 부유하다는 말을 실감합니다. 그들의 당당한 일상에는 불법과 탈법이 들어서지 않고, 소중한 생명들을 담을 논과 밭, 웅숭깊은 행복의 마당이 자리하고 있습니다. 나는 이 부부가 그냥 그대로 곁눈질을 배우지나 않기를 몇 번이고 기원했습니다.

초고령 사회로 치달으면서도 노인 빈곤율이 가장 높은 나라, 기록적인 경제성장 속에서 기록적인 실업률과 빈부 격차에 미래가 두렵고 불안한 나라. 뒷배경과 금력이 정의에 앞서는 나라, 이제 우리에게 필요한 것은 사람으로서의 할 일을 찾는 일입니다. 황량한 사막 속에서 나만의 오아시스를 찾는 어리석음을 박차고 서로 배려하고 상생하는 프랙토피아, 모래사막을 가로지르는 도전을 시작해야 하지 않을까 합니다. 계속하다 보면 나만큼 소중한 것이 남이고, 그러다 보면 어느덧 남처럼 소중한 내가 되어 있지 않을까 합니다.

2장

동식물과
더불어 살기

강변의
작은 동물농장

　　지금 하고 싶은 말이 있으면 내일 하라는 속담이 있습니다. 매사 여유를 가지고 신중해야 화를 줄일 수 있다는 말이지요. 그런 줄 알면서도 삼십 년 전, 내가 촌에 가서 살기를 결심하고 주거지를 정한 건 단 한 나절만의 일이었습니다. 주위 사람들을 놀래킬 만한 속단이었지요. 십 년 묵은 포니원을 타고 단 한 번의 현장 탐방으로 계약해버린 가락면 죽림리 서낙동강 옛 나루터. 처음 방문했을 때 벙거지 장년 둘이서 낚시 삼매에 빠져 있던 한적한 강섶. 골목 안 좁은 터였지만 팔백 리 낙동강을 정원 삼아 끼고 있었으니 끝없이 열린 장소이기도 했습니다.

　　애초 강마을을 택한 이유도 극히 단순했습니다. 그 며칠 전 동료교수 C로부터 우연히 들은 드라이브 정보— '차를 타고 불암 마을에서 좌회전해서 들어가니 포플러가 늘어선, 마음 편한 전망의 강둑에 노인이 사는 초가집이 한가하더라.'는 정보를 접했던 것입니다. 포플러 둑길은 찾지 못했지만 대충 근방 복덕방에서 소개한 두 집 중, 강을 낀 곳을 나는 대번에 찍고 말았던 것입니다. 시골 집터치고는 좁은 편인 40평짜리. 하지만 포구나무 고목 세 그루에, 방 두 개가 달린 시멘트블록 집이 한 채, 가격도 준비 용이한 액수에 맞아떨어졌습니다.

며칠 후 현장을 답사한 식구들은 입이 한 자씩 튀어나왔습니다. 무엇보다 집이, 집이 아니라 돼지우리라는 것이었지요. 얼기설기 엮어지고 삐딱하게 기운 낡은 블록 벽, 남의 눈만 가린 재래식 바깥 변소. 퀴퀴한 거름 냄새가 풍겨왔습니다. 도시 아파트에서 살아온 아들 둘이 방문을 열어보고는 눈물을 보이며 돌아설 정도였지요.

에라, 그곳에 새집을 짓기로 했습니다. 개발제한 구역의 까다로운 법규 탓에 건물을 앉힐 수 있는 면적은 열세 평. 나는 건평에 포함되지 않는 다락을 놓아 뾰족 지붕을 올렸습니다. 그곳에 아이들 방을 두기로 했고요. 첫 집 설계도— 백 장이 넘게 그린 결과였습니다.

은행 대출을 받아 지은 붉은 벽돌 장식에 청기와 모양의 슬레이트 지붕이 있는 강변 뾰족 집. 차량진입도 안 되는 골목 안집이었지만 두 아름의 포구나무 세 그루가 제때 제때 그늘과 볕을 나누어주는 강변. 그곳을 나는 나의 헤테로피아(Heterotopia)— 몽상(?)의 세계가 현실화할 입구쯤으로 생각한 듯합니다. 아내는 내 결심이 변치 않을 것을 확인하고는 14년 봉직하던 국어교사직을 내려놓았습니다. 꽤 오래 근무한 서무직원도 교원의 퇴직절차를 몰라 어쩔 줄 몰라 하더라며 미련을 떨어내었습니다.

스무 평 남짓의 마당 복판에 자그마한 벽돌 연못을 만들었고 강에서 건진 부레옥잠을 띄워놓았습니다. 그 옆엔 돌 의자도 놓았고, 강태공들의 낚시터였던 강섶에는 강으로 오르내릴 돌계단도 놓았습니다.

강을 끼고 살기는 대학시절부터 예견된 일인지도 모릅니다. 씨가 됐다 싶은 시가 있습니다. 스물네 살 때 발표한 나의 월간 〈시문학〉 첫 추천작 「유혹」(1974). 어둡던 시절, 쉴 새 없이 갈등하고 행동해야 했던 젊음에 이따금 따시고 편안한 품을 열어주던, 강으로부터의 신화적 유혹이었습니다.

　　이젠
　　오너라

　　잠시 의자를 밀어놓고
　　이름 있는 것들의 낭하를 건너
　　이젠 오너라.

　　올 때는 아무도 더하지 말고
　　강(江)만 보면서 오너라.

　　박달나무 방금 그른 산물을
　　산 채 마시고

한 열흘
나뭇잎처럼 흥청거리기도 하면서
기침하고 싶은 너의 간장(肝臟)
바람 쏘이고 가거라.

열여섯 살 바람이 사는 골짜기
둥지마다 황금빛 날짐승 알이
동굴에는 김현랑(金現郎)의 어진 아이가
햇볕 쬐고 있단다
햇볕 쪼이고 있단다.

예서 한 열흘
음악이 되어서 놀다 가거라.

이름 있는 것들의 낭하를 건너
이젠
오너라.

- 「유혹」 전문

문명세계는 '의자'에서 생활하는, 매사에 '이름이 있는' 계
몽과 합리의 세계. 현실은 내장을 맑게 가질 수 없는 타락한
세계입니다. 강을 따라가서 만나는 또 다른 세계. 그곳에는
산(生) 물이 있고, 살아 있는 호흡(바람)과 흥이 있습니다. 현

실에서 사랑을 이루지 못한 『삼국유사』의 김현랑과 암호랑이 (김현감호편)가 사랑을 실현하고, 둘 사이의 아이가 환생, 햇볕 쪼이고 있는, 만물 공생의 세계. 모든 존재들이 인위의 장애 없이 공생하는 생태적 에코토피아의 세계라 할 것입니다. 고대인은 대지(大地)를 만물을 잉태하고 양육하는 창조적 모성으로 여기는 한편 그것을 가로지르는 강은 대지의 피와 땀에 비유하였습니다. 대지의 생명이자 숨결인 강. 이는 세계의 신화 · 설화에서도 두루 만날 수 있거니와 대학시절의 나에게는 절대의 자유와 본래적 순수 생명, 그리로 이르는 길목이 되었다 할 것입니다.

나는 출퇴근 시간을 약게 조절하면서 가족들과 함께 식구를 늘여갔습니다. 시내에선 할 수 없던, 어린 시절부터 동경해왔던 짓거리였습니다. 토종닭, 오골계 해서 열 마리. 오리새끼 열다섯 마리. 칠면조 세 마리에 거위 세 마리. 원근을 막론하고 사육지를 찾아가 구해 왔습니다. 아이들과 함께 우연히 구경 간 개 사육장. 그 주인이 사정상 개 수십 마리를 급히 처분한다는 소리를 듣고는 부랴부랴 열댓 마리의 개를 사서 우리 집 마당에 댓 마리, 수용이 불가한 나머지는 땅 너른 이웃들에게 사육을 의뢰하기도 했습니다. 내가 맡은 소형 삽사리, 개량종 포메라니언 등 잡종견들은 마당에 풀어 가금류와 함께 지내게 했습니다.

잠시만 버려두어도 마당은 온통 짐승들의 분뇨와 흩어진 사료, 채소 찌꺼기 따위로 진창이 되었습니다. 아침 먹고 놈들 사이에 끼어들면 어느새 점심때가 되고, 저녁때가 되었습니다. 이름을 부르면 모두가 반색하며 다가오는 한 식구였습니다. 개들은 물론 모든 날짐승, 심지어 거북이, 금붕어까지도 우리를 알아보고 반가워했고, 장난을 걸면서 우리의 속마음을 알고 싶어 했습니다. 내 품에 먼저 안기려던 개가 거위에게 목이나 귀를 물려 비명을 지르기도 했습니다. 칠면조는 지붕이나 포구나무 위에 올라가 '꾸르르 꿀꿀', 닭들은 '꼬로로 꼬로로' 소리 지르며 보채었습니다. 발치를 맴돌던 새끼오리들은 무럭무럭 자라나 아침저녁 '꿰꿰꿰꿰' 강심까지 먼 나들이를 다녔습니다. 나는 이 광경에 한동안 빨려들기만 했습니다.

현대 희곡의 걸작 조지 오웰(George Orwell)의 『동물농장』 동물들이 풍자한 건 갖가지 명분 뒤에 숨은, 독점 이데올로기에 의한 부조리들이라 할 수 있습니다. 자기중심의 이념에 매몰되어온 인간문화사— 사람들은 스스로 내세운 갖가지 종교와 정치적 문화적 이념에 스스로 빠져들었고 짐승들처럼 그것을 부려 득을 챙기고자 싸워왔습니다. 이리 말하면 짐승들 욕보이는 말이 되겠네요. 짐승치고 사람만 한 짐승이야 있겠습니까만 현실에는 짐승만 한 사람도 찾기 어려운 것을 어쩌겠습니까. 특히 내가 살던 현실은 늘 배움과 실제 사이, 권고와 현실 사이에 뚜렷한 모순이 있었고, 언론사며 정치가며 주위 모두가 개인에게 착하기를 강요하는 한편, 만연한 모순들을 받아들이는 '철들기'를 실현하기를 바라고 있었습니다.

착하기가 아니라 야합이었고 철들기가 아니라 눈치 긁기였습니다. 내 삶의 주인으로서의 도덕은 사라졌고, 노예의 도덕, 약자들의 두려움과 부정과 연민만이 팽배하던 때였습니다.

강변 작은 동물농장의 가족들은 순수한 목숨들이 주는 개방적인 평화와 친근감, 자연스러운 온몸의 언어들, 그리고 생명의 성실성과 근린의 마음을 일깨워주었습니다. 작으나마 긍정과 도량의 에너지였다 하겠습니다.

시간이 지나자, 내가 사육을 의뢰했던 그레이트 데인, 세인트 버나드, 셰퍼드 등등 대형 개들로부터는 소식이 단절되었습니다. 시일이 지나자 임시 주인이던 이들이 나의 방문을 달가워하지 않게 된 것입니다. 나는 사람 잃기 전에 개를 포기하기로 해야 했습니다. 강으로 마을을 다니던 오리들도 한 마리, 두 마리 돌아오지 않았습니다. 날아간 것이 아니라 강촌 어부들의 뱃속에 들어간다는 소문이 들려왔습니다.

그런 중에 식구들은 자꾸 늘어났고 놈들의 덩치도 커졌습니다. 만원(滿員)이 되니 짐승들 처리가 문제가 되었습니다. 서로 부르며 가족처럼 지내던 터라 처치가 힘들었지요. 범도 제 굴을 찾아온 토끼는 안 잡아먹는다 하지 않습니까? 이웃에 나누고, 본가에도 처가에도 보냈습니다. 소문 듣고 오골계를 사러 온 사람에게 딱 한 마리, 다 키운 놈을 병아리 구입가에 팔았습니다. 이웃에 부탁해서 닭 한 마리 잡아 삶았지만 아이들은 입에 대지 않았습니다. 억지로 두어 점 먹였습니다. 큰아들은 씹다 말고 화장실을 다녀왔고. 그 바람에 우리 아이들은 사십이 된 지금껏 닭백숙을 먹지 않게 되었습니다.

5년 후 우리는 동물가족들을 데리고 이사를 했습니다. 옆마을, 역시 강을 낀, 조금은 더 너른 데로.

막상 촌에 온 사람들이 할 일 중에 제일 손쉬운 일이 동물 기르기일 것입니다. 자기 위안도 되고, 가정의 안정감까지 더해줍니다. 하지만 목적을 분명히 하고 사들일 때는 가격과 품종을 잘 살펴야 할 것입니다. 판매를 할 것인지, 식품으로 쓸 것인지, 친구 삼을 것인지 목적이 분명해야 하고 과욕을 부리지 말아야 합니다. 지나친 과욕은 멀쩡한 동물들에게 고통을 주고, 스스로 그들에 매여 귀촌의 원래 의미를 잃게 할 수도 있습니다.

기왕 촌살림을 택한 이라면 조용히 강, 산, 들의 질서 같지 않은 질서, 자유 같지 않은 자유의 맛부터 즐기시는 게 좋을 것입니다. 동물을 기르려면 자신의 기분에 따르기보다 판매용의 경우든 반려 목적의 경우든 환경에 맞추어 동물들의 입장부터 고려해야 할 것입니다.

강변의 작은 동물농장을 돌보며 보낸 10여 년 세월. 돌이켜보면 운도 좋았습니다. 풍광도 좋았고, 이웃들도 순박하고 따뜻했습니다. 정의와 양심의 실천을 넘어서는, 포용의 삶을 알게도 되었습니다. 포장길이 정비되고 산업도로가 뚫리지 않았더라면, 그리고 내가 상대도 모르고 정의니, 법이니, 한 여인과 맞서지 않았더라면, 나는 죽림마을 강변에서 좀 더 오래 잘 지냈을 것입니다.

얼치기 촌 것 되기— 너무 욕심 부리지 않고, 약간의 물리적인 손실은 감당하겠다는 마음이 있다면 누릴 거리가 많습니다. 요모조모 갖추겠다고 미루다가는 정자 지으려고 솔 심는 격이 될 것입니다. 준비는 여물게 하되 망설이는 데 버릇들지 않아야 합니다. 전문 농어업인이 아닌 다음에야 준비라 해야 별거 없습니다. 아는 만큼 즐기고 모르면 묻고 남의 것을 그에게 챙겨주는 단순한 마음가짐일 뿐.

어딘들 가서 살지 못하겠습니까? 눈 떠 보고, 코로 숨 쉬며 손발 움직이면 함께 살아가게 돼 있거늘.

나만의 야성,
오리 사냥

　강촌에 산 지 10년쯤 되던 겨울, 몸이 근질거렸던지, 수렵용 공기총 한 자루를 구입했습니다. 거금(?)을 들이며 겉으로 내세운 구입 이유는 산짐승들이 너무 많아 농작물에 피해를 주고 있으니 놈들을 잡아내는 일에 나도 동참한다는 그럴싸한 명분이었습니다. 하지만 내가 돈을 들인 진짜 이유는 산짐승 사냥을 직업처럼 즐기시던 돌아가신 아버지, 선친의 흉내를 내고 싶은 욕심이 아니었던가 합니다.

　선친께서는 삼십 대부터 사십 년 이상, 산, 들, 강을 돌아다니며 엽총 사냥을 했습니다. 탄피에 총알을 다져 넣어 집에서 총탄을 만들기도 했습니다. 총을 쏘면 날아가는 꿩이나 물오리를 곧잘 떨어뜨리기도 하셨지요. 60년대 우리 삼촌, 오촌 친척들은 거의가 사냥총을 가지고 있었습니다. 그중에는 새벽 물 길러 온 시골 노인을 산짐승으로 오인해서 큰 상처를 입히고 욕을 본 이도 있었습니다.

　암튼 아버지와 둘이서 사냥을 가면 나는 아버지 주위를 돌면서 몰이꾼 역할도 하고, 총 맞고 숨은 짐승을 찾아오기도 해야 했습니다. 중1 때의 한겨울 오리사냥 때는 총을 맞고 강에 떨어진 오리를 주우러 얼음에 살을 베며 맨몸으로 낙동강 얼음판에 맞서야 했어요. 뿐만 아니라 날 어두울 때 선친과 떨어져 혼자서 큰 고생을 한 때도 있어서 나는 가능한 한 사냥을 따라가지 않으려고 여간 내빼지 않았습니다. 그래도 중학교 졸업 전까지는 거의 강제로 동행 당해야 했습니다.

선친께선 평소에 약간 화가 나 있거나 무표정한 표정으로 사셨습니다. 하지만 사냥터에서 짐승을 쓰러뜨린 직후에만은 눈자위에 해맑은 웃음기를 졸졸졸 흘리셨습니다. 희열의 물방울을 코끝에 반짝거리면서, 총을 쏘는 순간의 심경과 사격과정에 대한 설명도 떠들썩 이어갔습니다. 사냥 때라야 빛을 내는 신기한 야성과 친근감, 내가 장년이 되어 사냥총을 구입할 때도 그 모습에 대한 경외감이 크게 작용했던 것입니다.

내가 20대에 쓴 초기 시 중엔 「목적(木笛) 있는 풍경」 연작이 있습니다. 그 연작의 밑바닥에도 어린 시절부터 겪어온, 사냥터에서의 느낌과 같은, 현실 초월의 야성과 원시성과도 같은 야릇한 체험들이 깔려 있었다고 할 것입니다.

타히티의 女人들
검은 밥 해놓고 앉아
살찐 바다를 끓고 있다.

입 큰 여인이 더운 입김으로
바다의 상처를 깁는 동안

다듬이를 두들기는
팔뚝 굵은 여인들

사내들은 새떼처럼
전기 줄에 매달려
휘이잇 휘이잇
휘파람 분다

-「자갈치 해변시장-목적 있는 풍경」 전문

이 시에서도 나타나는 현실논리를 떠난 시원(始原)의 세
계―, 음과 양, 뭇 생명의 근원적 교통, 그 결실인 원시적 평
화의 관능성, 이런 것들이 내 첫 시집의 제목이기도 했던 '목
적(木笛) 있는 풍경'의 주요 모티브였습니다. 그것은 70년대
의 엄혹한 현실과 개인 자유주의 문화에 대해 내가 그리워한
원시의 영토이기도 했습니다. 추종과 굴종을 관례화했던 순
수 서정, 내 주위를 둘러싸고 있던 초현실주의의 추상적 엘
리트 의식, 그 둘 다에서 탈출을 꿈꾼 원시적 조화와 감성,
신화적 삶의 지향이었다고 할 것입니다. 지금껏 내 문학적
심지의 한 축이 되고 있기도 하고, 70년대 초, 초현실주의의

세례를 받았던 내 젊은 날의 시적 절충안이 아니었나 생각됩니다.

공기총을 산 후 두어 주일 동안 나는 강변과 산기슭을 헤집고 다녔습니다. 물오리, 산토끼, 꿩 따위를 찾아내었습니다. 그러나 포획하진 못했습니다. 어찌나 눈치가 빠른지, 놈들은 내게 총구를 조준할 틈도 주지 않고 달아나버렸습니다. 눈 깜박할 틈에 명중시키던 선친의 솜씨가 새삼 부러웠습니다.

그러던 어느 날 저녁 답이었습니다. 들길에 차를 몰고 가다가 나락 밑동만 남은 겨울 논에서 무리 지어 놀고 있는 까치 떼를 보았습니다. 나는 차를 세우고 살그머니 조수석 창유리를 내렸습니다. 창틀에 총구를 의지하니 아주 안정된 사격 자세를 취하게 되었습니다.

방아쇠를 탁! 당기는 순간 한 마리가 '포르르르' 솟구치듯 하더니, '틱' 꼬꾸라졌습니다. 퍼뜩 문을 열고 달려갔습니다. 그런데 쓰러진 놈을 가지러 달려가는 중에 나는 정신이 혼미해졌습니다, 내가 대체 무슨 짓을 하고 있지?

발걸음이 자꾸 미끄러지는 것 같았습니다. 꼬꾸라진 까치를 쥐었을 때, 손바닥을 타고 오르는 새의 가벼운 중량과 상기도 따뜻했던 체온, 스르르 감기는 눈빛…. 일순 저녁 들판이 검은 허공 속으로 빨려드는 듯 어지러웠습니다.

까치는 쓰러졌습니다. 그러나 내 눈에는 살아 있을 때나 다름없이 친구들과 날개를 맞비비며 뛰놀던 생시의 모습이 그대로 시신 위에 겹쳐지는 것이 아니겠습니까? 나는 부모님들로부터는 7남매 중에 마음이 제일 모질지 못한 장남이란 말을 듣고 자랐지만 스스로는 마음이 굳센 사나이라 믿고 살았습니다. 어쨌거나 나란 인간은 지나칠 정도로 약하고 문명화한 인간임을 실감했습니다. 선천에 비할 만한 야성이나 용기가 내게는 없었던 겁니다. 며칠 후, 나는 관할 경찰서에 그 사냥용 공기총을 무상으로 반납하고 말았습니다.

화가이기도 하면서, 조각가이자 건축가로 세상 사람이 두루 알고 있는 레오나르도 다 빈치(Leonardo da Vinci). 그는 그의 『수기』에서 진실로 생명을 귀하게 여기지 않는 자는 그의 생명도 값어치 없는 것이라고 했습니다. 그는 그의 조각과 건축제작 과정도 생명관으로 설명했습니다. 좋은 작품은 조립과 조작 솜씨가 뛰어나기 때문이 아니라, 그것들이 하나의 건축을(구조를) 이룰 때, 그 속에 깃드는 영혼(정신) 때문에 뛰어나게 되는 것이며, 영혼은 바로 생명과 같은 것이어서 작가는 부질없는 분노나 사심(邪心)으로 영혼이 깃든 생명을 파괴하지 않도록 해야 한다고.

물리적인 수단으로 시각적인 미를 우선으로 하는 조각과 건축도 그러할진대, 그 자체 인간 영혼의 표현이자 매체인 언어를 사용하는 문학은 더욱 그러할 것입니다. 부질없는 분노와 손장난으로 명리를 추구하는 반 영혼, 반 생명의 문학을 내가 경계하는 이유는 이런 데 있다 할 것입니다.

지금도 우리집 창고 안엔 총 반납 후에 내가 산행 중에 수거해 온 불법 수렵기구— 올가미와 덫이 백여 개 쌓여 있습니다. 나의 야성은 선친 흉내를 낼 수준이 되지 못했고 나의 수확 본능은 남들이 설치한 불법 사냥도구들이나 걷어 오는 심술에 만족해야 했다 할까요. 어쨌든 나는 조작된(영혼 없는) 원시주의를 보는 듯한 그 수렵기구들을 창고 안에 두고 있습니다. 내다버리려고 해도 누가 주워 갈까 걱정이 되어서 언짢지만 구석에 처박아두고 있는 겁니다.

그래도 내 나름 익힌 사냥법이 없진 않았습니다. 한때 걷기를 좋아한 길 중에는 가을부터 봄까지 청둥오리, 가창오리며 백조 떼가 모이는 강변길이 있습니다. 김해시 대동면 서낙동강 강섶 길과 삼랑진 송전소에서 밤골 가는 샛강 둑길. 그 길을 걸을 때면 나는 물오리들이 놀라지 않도록 여간 애쓰지 않습니다. 물오리들은 눈치가 이만저만 빠른 게 아니어서 저들이 설정한 경계에 낯선 이가 들어서거나, 흉기를 소지한 듯한 사람이 얼씬거리기라도 하면 가차없이 자리를 옮깁니다. 아예 멀리 보이지 않는 데까지 날아가버리기도 합니다. 그래서 그들을 놀래키지 않고 평화리에 그들의 구역을 지나가려고 애를 썼습니다. 하지만 나는 번번이 그들의 보이지 않는 경계선을 침범했고, 그들의 지구촌 동료라는 사실을 증명하지 못했습니다. 내가 다가갈 때마다 그들은 잘도 눈치 채고 불손한 침입자를 사전에 떼어놓았으니까요.

그래도 내 사냥이 끝까지 실패로 끝난 건 아닙니다. 어쩌다 내가 가장 평화롭고 자연스러운 모습이 되었다고 느낄 때, 한낱 우연일 뿐인지도 모르긴 하지만, 그들을 안심시키는 데 성공, 무사통과할 때도 없진 않았거든요. 그들의 마음을 훔칠 때에 나는 선친의 사냥에 못지않은 긴장과 쾌감을 느낀 겁니다. 그것은 총으로 놈들을 포획하는 것만큼이나 어려운 확률이긴 하지만 그들의 이웃이 되어 그들과 겨울 강을 함께 쓰고, 자연의 일상을 공유하는 실감입니다. 무사히 그들 곁을 지나쳐 갈 때면, 나는 물오리들과 서로 목을 감고 쿡쿡거리며 장난이라도 하는 듯한 환희에 젖곤 했습니다.

좀 확대해서 말하자면, 기회주의적 은신과 한 방의 횡재가 당연한 윤리로 합리화되는 경제사회를 막스 베버(Max Weber)는 '약탈 자본주의'라 부르기도 했거니와, 오늘날 우리들이 노리고 있고 윤리적으로 권장하기도 하는 기회의 평등이라느니, 위기를 기회로, 기회를 놓치지 않기 위한 준비 등등도 사실은 사람 사이에 이루어지는 잔인한 사냥행위, 좀 더 가진 자들의 약탈행위를 미화하는 말에 지나지 않는 것이 아닐까 합니다. 그에 비하면 자연과 하나 되는, 비록 착각에 지나지 않을지라도 그들과의 일체감을 획득하는 사냥법은 그 이상의 즐거움을 주는, 원래의 놀이에 가까운 시간이 되지 않을까요?

오호츠크, 까마득한 하늘길 헤치고 돌아온 아이들과 어울리다니! 오호츠크 오호추워, 그건 선친께서 보이던 포획 후의 희열이나 무용담에 견줄 만한 체험이었습니다.

문득
물오리가 돌아왔다
한국해 건너면
주르주그 산맥
북극해 캄차카 까마득히 날았다가
오호츠크 오호추워
문득 돌아와 사람 부른다.
하늘이 나를 보더냐? 물으니
모가지 배배 틀면서
너도 하늘 보느냐?
한다.

- 「강-물오리」 전문

물오리들에게서 나의 산책을 허락받는 일, 내가 그들의 친구로 위장하는 데 성공하는 순간의 다행스러움, 이것도 사냥이라면 사냥이 될 수 있지 않을까요? 원시주의의 유아적 환상이나 비현실의 낭만에 지나지 않을지도 모릅니다. 자기도취적 지식의 타협적 감각에 지나지 않을지도 모릅니다.

그렇습니다. 나는 야성이 고갈된 허약한 지식인에 지나지 않았습니다. 얼마나 작고 부실한 존재인지 절감했던 사냥 경험이었습니다. 하지만 물오리를 성가시게 하지 않음으로써 강과 들의 영혼, 오호츠크 바다며 설산이며 자연의 박동들을 잠시나마 심장에 담을 수 있는 행운의 경험이었다고 할 것입니다. 아니, 물오리의 입장에서 보자면, 그들이 내 졸아터진 마음을 사냥하고 가는 건지도 모를 일이긴 합니다만.

반달가슴개의
추억

　　반달가슴개가 돌아왔습니다. 바로 한 달 전, 여드레나 집을 비워서 아뿔싸, 탕이 되고 말았구나, 마음 아프게 하더니 상처투성이로 돌아왔습니다. '반달가슴개'란 내가 키우는 검정 진돗개 반달이의 풀 네임, 전신이 검지만 가슴께에 반달 모양의 하얀 점이 있어 부르게 된 이름이랍니다.

　나는 개를 데리고 집 뒤 임도로 산책을 나가곤 합니다. 여드레 전 그날, 반달이랑 너구리랑 두 마리를 데리고 나갔는데, 산 중에서 둘을 풀어준 것이 화근이었습니다. 개는 군집 동물이라, 두 마리 이상을 한꺼번에 풀어놓으면 어디든 달려갈 수 있습니다. 두 마리 이상을 함께 풀어놓지 말아야 합니다. 그러나 놈들의 눈빛이 너무 간절한 데다 내가 부르면 잘도 돌아오곤 하는 개들이었을 뿐 아니라, 너구리는 개량종 소형 개이기도 해서 둘이서 걸음을 맞추어 달아나리라고는 생각지 않았던 겁니다. 어디 발정 난 암컷 냄새라도 풍겼던지, 일이 내 예상을 빗나가고 말았습니다.

　산길을 따라 놈들을 부르며 찾다 돌아왔습니다. 집에도 오

지 않았습니다. 하루, 이틀, 사흘, 때가 여름철, 복날이 되고
보니 포기할 때임을 직감했습니다. 놈들의 집을 치워버릴까
하던 중에 너구리가 먼저 돌아왔습니다. 몸이 긁히고 군데군
데 털이 빠진 채. 놈은 사소한 일에도 대단히 시끄럽게 짖는
놈입니다. 누군가 두 마리를 가두어두었다가 큰 놈(반달이)은
내다 팔고, 돈도 안 될, 작고 시끄러운 놈은 놓아버린 게 아
닌가 추측했습니다. 그 후로도 사흘, 그러니까 두 마리를 잃
은 지 여드레 되는 날. 외출에서 돌아오니 병든 곰처럼 웅크
린 반달이 놈이 뜻밖에도 제집 앞에 앉아 있는 것이었습니다.
반달이는 그렇게 돌아왔습니다.

　너구리도 그랬지만 반달이도 전신에 흡혈 진드기가 자욱
하게 들러붙어서 통통하게 몸을 불리고 있었습니다. 눈가며
입가에 촘촘히 박힌 진드기를 떼어내는 데만 한나절. 그뿐 아
니라, 통통 부어오른 얼굴에 살이 다 벗겨진 등떼기에서는 진
물이 줄줄 흐르고 있었습니다. 내외가 초보 수의사 버금가는
경험을 갖고 있었기 망정이지, 주사와 약을 구해 열흘 넘게
치료하고서야 반달이는 제 꼴을 찾아갔습니다.

　두 마리가 함께 갇혀 있다가 너구리가 작은 몸집으로 철장
(?)을 먼저 탈출했고, 반달이는 그 성격과 상처를 보건대, 살
이 벗겨지고 뼈가 으스러지는 고통을 참아가며 조금씩 조금
씩 철장 밑을 파고 나온 것이 분명했습니다. 놈은 사람에게나
짐승들에게나 부드럽고 의젓하면서도 단호한 성격을 가진 진
돗개입니다. 주인이 없을 때에도 주인이 기르는 다른 동물은

해치지 않습니다. 반면에 야생 장끼며 산토끼를 잡아다가 주인 눈에 띄도록 놓아두기도 하는 영물입니다. 그러면서도 내게는 늘 아기처럼 천진난만한 짓을 한답니다.

개를 잃은 건 올해뿐도 아니고, 한두 마리도 아닙니다. 집을 나가 돌아오지 않은 놈도 있고 마당에서 놀다 사라진 놈도 있습니다. 그러면 동네방네 찾아다니다 와선 시시때때 빈 개집 안을 들여다보게 됩니다. 이때는 개집 옆 나뭇가지도 개집 안을 들여다보며 궁금해하는 듯하지요.

나는 어릴 때부터 개를 좋아했습니다. 동네 친구들과는 어울리지를 못하게 하던 부친 등쌀에 내 가장 가까운 친구는 우리가 키우던 개가 대신했습니다. 나는 개를 몰고 선대의 묘가 있던 뒷산에 오르기를 즐겨 했습니다. 그때도 개를 끌러주었다가 찾아다닌 경험이 여러 번입니다.

시골 와서 살면서 여러 동물을 키웠지만 한 번도 거르지 않고 키운 동물 역시 개입니다. 개는 초보 귀촌인의 가까운 벗이 됩니다. 초창기 촌 생활의 고적감을 함께 견디는 친구.

마당을 지키던 누렁이
집 나가서 오지 않은 지 닷새

오늘도 엄마는 골목골목 찾아다니다
"길을 잃었나 봐,
누군가 우리 대신 잘 키우겠지?"

아빠는 개 도둑이 잡아갔을 거라며
"용감하게 탈출해서 찾아 올 거다"
대문 열고 창문 연 채 낮 밤 보내고

개집 옆 석류나무도 걱정되는지
시시때때 가지 뻗어 지붕을 긁어보네.

나도 시나브로 석류나무 가지 젖히며
홀로 남은 개집 안을 들여다보네.
"길을 잃고 힘 빠지고 떨고 있을 거야."

석류 열매 따라서 얼굴 붉히며
아침부터 저녁까지 투정 늘어놓네.

"도둑님아, 개 데리고 갈 때
집도 함께 가져가시지!"

— 「주인 잃은 집」 전문

　　이는 차우차우 견 노랑이, 까망이 두 마리를 한꺼번에 잃
고 쓴 동시입니다. 개나 사람이나 이별이 아쉬운 건 마찬가
지, 함께 지내노라면 그만큼 아픔도 나누게 되니 키우게 될
땐 집착에 가까운 애정을 쏟게도 됩니다.

개가 여러 마리 불어날 때가 있었습니다. 좋은 주인 골라 데리고 가게도 했고, 몇 차례는 만만한(?) 사람에게 돈을 받고 분양한 적도 있었습니다.

어쨌든 촌에 살다 보면 물질적인 이득보다는 짐승의 산목숨이 궁금할 때가 많답니다. 단골 외래객인 꿩이나 고라니 같은 산짐승도 보이지 않으면 찾아다니곤 합니다. 반달이가 돌아오다니! 그의 맑은 눈빛, 은근한 꼬리치기를 다시 보다니, 남의 뱃속에 들어갔을 거라고 포기하려 했던 성급한 속내가 미안해서 눈을 피해야 했습니다. 고생께나 했던지, 그 후로는 너구리도 반달이도 시험 삼아 끌러두어도 멀리 가지를 않았습니다.

개와 인간, 상당히 닮은 데가 있다고 생각합니다. 원고가 남아 있지는 않지만 초창기 〈좋은 만남〉이란 월간 교양지에 나는 이런 요지의 글을 쓴 적 있습니다.

수천 년 전부터 사람이 개를 좋아하고 개가 사람의 곁을 좋아하며 가까이 사는 이유는 서로 닮아서가 아닐까? 개가 처음 인간에게 다가왔을 때, 개는 인간이 좋아서였을 것이고, 지금 와서 사람이 개를 좋아하는 이유는 개에게서 개가 사랑하던 사람의 원래 모습을 만날 수 있기 때문이 아닐까? 오늘에 와서 사람에게서 사람다움은 대부분 사라지고 사람다움은 오히려 개가 대를 물려가며 이어와서, 사람은 개들에게서 그리운 인간의 순수한 경지를 찾는 것이라는, 따라서 오늘날 사람됨은 사람에게서가 아니라 개에게서 찾아야 할는지 모른다는 역설이 주요내용이었습니다.

그리고 보면 사람을 닮은 건 개뿐 아닙니다. 친하게 지내노라면 거위도 칠면조도 기러기도 오리도 닭도, 가축으로 인간 가까이 살아온 짐승이라면 우리가 마음으로 그리워하는 사람의 행실을 합니다. 나는 개뿐 아니라 칠면조나 집 기러기도 여러 번 찾아다닌 적이 있습니다. 칠면조는 그래도 멀리까지 가지 않고 제 이름을 부르면 '꾸르륵 꾸르르르' 대답하면서 나타나지만 기러기는 아직 가축화가 덜 돼 그런지, 집 안에서 한 번 날면 맞은편 능선까지 가버립니다. 이름 부르며 가까이 가면 신이 나서 다시 한 번 '푸르르르르' 날아가 그예 찾지 못한 적도 있었습니다. 뒤에 안 일이지만 기러기는 마당에 놓고 키우려면 날갯깃을 깎아가며 키워야 합니다. 날개 관절을 분질러두든지.

그리고 보니 우리나라 인간 기러기(?) 생각이 나네요. 한반도 남쪽에 남은 이른바 기러기 가족들. 참, 사람 못할 일이 기러기 행세가 아닌가 합니다. 멀리 헤어지는 건 원래 야생 기러기들이나 하던 짓인데, 요새는 사람들 사이에 유행하는 무슨 트렌드 같은 것이 되어 있는가 싶습니다. TV에 나오는 유명인이라면 자랑삼듯 늘어놓아야 하는 기러기가족 경험담. 은근히 자랑삼으면서도 외로움을 호소하는 걸 보면 사람 살기 짐승보다 나을 게 없다는 생각조차 듭니다. 인간은 자꾸 짐승 흉내를 내고 짐승들은 자꾸 사람 닮아가는 모양입니다. 가족이 왜 가족일까요? 인간은 종족 보존 본능에 사는 짐승도, 장거리 이동이 생명줄인 날짐승도 아닌 것을. 이승에서는 맹수처럼, 기러기처럼 살다 다음 생에서나 가정을 이루어 인간으로 살 것인가? 이 시대의 터질 듯한 욕심과 집착이 눈물겹습니다.

어쨌든 동물들을 키우다 보면 그들이 왜 그렇게 주인을, 아니 사람을 좋아하는지 알다가도 모르겠습니다. IQ라든지 EQ라든지 하는 것들이 행복의 지수나 사랑의 지수하고는 관계가 없는 거란 생각이 듭니다. 동물들과 가까이 지내다 보면 TV에 나오는 특별한 애완동물 관찰 영상들, 그런 영상들이 별로 특별한 게 아니라 누구에게나 일어날 수 있는 일이란 걸 알게 됩니다. 비싼 돈 들여 개를 훈련소에 보내어서 외나무다리를 건너게 하고 숫자를 집어 오게 하거나 불타는 링 속을 빠져나가게 하는 따위, 쓸 데 없는 욕심을 부리는 문명이란 거, 가증스럽지 않습니까? 그런 훈련 시키지 않아도 모든 동물은 제 위치를 알고 친구의 우정에 답하려고 최선을 다합니다. 받는 것이 별로 없을지라도 조건 없이 사랑하고 신뢰합니다. 길짐승은 사람이 뛰면 같이 뛰게 되고, 날짐승은 두 팔을 젓는 시늉 앞에 신이 나 날아오르며 답을 합니다. 나는 동물들마저 교육이란 이름으로 조건반사를 이용해 스트레스를 받게 하고 인간의 기계화 관습을 주입하는 사치가 싫습니다.

닭대가리, 닭대가리 하지만 닭에게서도 배울 것도 없지 않습니다. 10여 년 가까운 이웃으로 산 박모 선배 가족과 우리 바깥 평상에서 삼겹살 구우며 쓴 시 한 편.

　　박 선생님 가족이랑 평상에서 삼겹살 구워 먹는데 장닭이 알고 암탉들을 불러 모은다. 귀한 고기이니 지가 먹겠지 하고 여나믄 점 던져주었는데 장닭은 한 조각 예외 없이 암컷들에게 양보한다. 암탉이 먹을 동안 자랑스럽게 갈기를 흔들면서 루우 루우 유성음의 노래마저 보탠다. 암탉들은 낼름낼름 받아먹기만 한다. 장닭은 땅에 부리를 박고 원을 그리며 러시아 민속춤을 덤으로 선사한다. 암탉들을 가두고 장닭만 불러 몇 점 따로 주었더니 이번에는 한 점 한 점 물고 가서 던져주고 달려온다.

　　저 바보, 저 바보!

　　아내는 수탉이 바보라서 그런다 한다. 내가 귀한 음식 먹지 않고 저를 줄까 지레 겁을 내는 것이리라. 그래도 뒤통수 털이 다 빠져버린 암탉을 보면 마냥 주고 싶은 것이 해묵은 수컷의 심사가 아닐까 한다.

-「장닭」 전문

　　동물들만 사람과 닮은 게 아닌 듯합니다. 하우스 농사를 하는 농로를 걷노라면 식물들이 듣는 라디오의 아나운서 소리, 음악소리가 가득합니다. 주인(친구)의 발자국 소리와 말소리, 음악소리를 듣고 식물들이 편히 잘 자란답니다.

　　어디엔가로 가서 여드레만에 돌아온 십년지기 친구 반달

가슴개—. 왠지 풀이 죽은 듯합니다. 나는 그가 품고 온 추억이 내 추측만큼 참혹하고 궁벽한 것이 아니기를 바랍니다. 개보다 못한 사람에 대한 추억을 안고 오진 않았기를 바라는 겁니다. 신라의 황세 장군처럼, 셰익스피어의 로미오처럼 어디 마음에 드는 여자 친구를 찾아갔다가 비록 사랑을 이루진 못했다 해도 사랑의 아름다운 생채기라도 안고 돌아왔기를 바랍니다.

모든 생명체는 자연이 스스로 만든 것이라고 오늘의 과학은 밝히고 있습니다. 자연에 의한 존재는 오랜 세월 스스로 존재를 만들어온 것입니다. 무서울 정도로 완전하고 품이 넓은 자연이고 생명입니다. 그 시작과 과정을 배반하는 존재가 있다면 자연은 용서하지도 용서할 수도 없을 것입니다. 따라서 사람은 부지런히 사람을 찾아 사람 흉내를 내며 살아야 하지 않을까 합니다. 어쩌다 우리가 닭이나 개보다 더 영악하게 살고, 기러기 가족보다 더 멀리 떨어져 사는 가족이 되었는지, 우리가 영 자연을 배반하는 존재가 되지는 않아야 할 것인데, 우리가 진 욕망의 무게가 우습고 슬픕니다.

자연 마을의
침입자

　　이따금 멧돼지며 고라니 출몰 소식에 나라가 시끌시 끌해질 때가 있지요? 멧돼지를 물리친 용감한 진돗개 이야기 가 소개되는가 하면 포수들의 유해 동물 소탕작전이 실황 중 계되기도 하고, 날뛰는 짐승들을 고발하는 CCTV 화면이 세 인의 분노를 불러일으키기도 하지요.

　내게는 10년쯤 전에 만난 멧돼지 떼와의 추억이 있습니다. 그때 나는 개 두 마리와 함께 산길을 걷고 있었습니다. 생후 1년쯤 된 사모예드 종 '야차'와 칠 개월쯤 된 로트와일러 종 '마구', 둘과 함께 점골 옆 까치산 신우대밭을 지날 때였습니 다. 개들이 갑자기 대밭 속으로 뛰어들었고 연이어 개들과 멧 돼지들의 울부짖음에 대나무가 꺾이고 부딪히는 소리가 뒤엉 켰습니다. 대밭을 뛰쳐나와 이리저리 도망치는 건 아직 다 크 지는 않은 멧돼지들이었습니다. 내가 본 것만도 대여섯 마리 는 되었어요. 아마 열 마리는 족히 될 성싶은 가족. 그중 한 마리가 곧장 나에게로 달려들었습니다. 그렇잖아도 손에 쥘 작대기 하나, 돌멩이 하나 눈에 띄지 않아 불안해하고 있었던

차. 극도로 긴장한 순간, 놈은 바로 내 허리를 스칠 듯 후닥
닥 옆으로 지나갔습니다.

　잠시 후, 우두머리인 듯한 큰 덩치의 멧돼지만 남아 우리
개 두 마리와 맞서고 있는 걸 목격할 수 있었습니다. 내가 목
청을 다 해 불러대자 야차란 놈은 지쳐서 내게로 왔습니다.
하지만 로트와일러 마구는 아직 강아지 태를 벗지도 못한 녀
석이 악착같이 우두머리 멧돼지를 쫓아갔습니다. 산기슭 개
사육장까지 따라가는 듯. 사육장이 발칵 뒤집어지더니, 한참
후에야 기진맥진 혀를 한 자나 늘어뜨린 채 마구도 돌아왔습
니다.

　그 후 나는 마구를 구입한 사육장에 도로 갖다 주었습니
다. 녀석은 제 영역의식이 너무 강해서 그전부터 우리 집에
출입하는 사람들을 무섭게 몰아붙이는 습성이 있었습니다.
어린 개는 끌러두고 키우는 나와 어울리기 힘든 놈이었습니
다. 사육사가 마침 그런 개를 구하는 데가 있다고 해서 도로
갖다 주고 가슴팍에 하얀 반달 점이 있는 검정 진돗개 강아
지를 받아왔습니다.

　소년 개 두 마리의 위세에 놀라 도망을 친 10여 마리의 멧
돼지 떼― 걸음아 나 살려라 하고 대밭을 튀어나와 뿔뿔이
도망치던 모습은 내 마음에 확신을 심어주기에 충분했습니
다. 그전에도 산길에서 두 마리 이상의 멧돼지와 맞닥뜨린 적
있었지만 그들도 예외 없이 나를 발견하고는 도망치기 바빴
던 터였습니다. 모두 겁쟁이, 바보멧돼지들이었을까요?

멧돼지들은 나라는 인간이야말로 노크도 없이 시끄러운 개 두 마리를 데리고 그들의 안방을 침입한 무뢰한이었다는 사실을 깨닫게 했습니다. 윅스퀼(Geseko von Luepke)의 인간의 '세계(Welt)'와 구별되는 '환경세계(Umwelt)'를 떠올리면서, 다른 생물과의 '입장 바꿔 생각하기'를 각인했습니다. 멧돼지들에게는 멧돼지들의 세계가 있고 인간들에게는 인간의 세계가 있지 않겠습니까? 상호 주관성은 모든 생명, 생명 공존의 기반이 되는 명제라 할 것입니다. 남을 내게 맞추고 남의 것이 내 것이라 하자면 나도 남에게 맞추고 내 것도 남의 것이 되어야 합니다. 남도 나처럼 소중할 때, 나도 남처럼 소중한 것입니다.

그 후 민가에 출현한 사나운 멧돼지들을 무사히 퇴치했다는 뉴스가 전해질 때마다 그게 아닌데, 그렇지 않을 거야, 우리가 멧돼지의 텃밭을 뭉개고 그들의 길을 빼앗고 안방까지 점령한 것이 아닌가, 우리가 그들의 땅에서 그들을 쫓아내고 있지 않은가, 그렇게 미안한 마음을 갖게 되었습니다.

산을 쏘다니다 보면 멧돼지들의 목욕탕인 산속의 펄 밭이며 그들이 등을 긁고 간 나무들 옆을 지나고, 고라니 발자국과 배설물을 만져보는 기회가 적지 않습니다. 그 흔적들은 인간이 다른 행성의 우주 생물체에 신호음을 보내고 있듯 멧돼지나 고라니가 다른 생물체에 보내는 신호음 같은 신비로움과 반가움을 일으키기도 합니다.

이장네
밭두렁
노루 발자국.

샛별이 홀리고 간
낯선
주소.

초생달의
머리핀.

첫사랑이 깎고 간
발톱.

이승에 내민
저승의
꽃잎.

- 「노루발자국」 전문

한 발짝 가까이 다가서면 참으로 예쁘고 친근한 이웃들입니다.

멧돼지, 고라니 외에도 우리 사회는 생태교란 동물 퇴치에 열을 올리고 있습니다. 농작물을 해치는 뉴트리아, 토종 물고

기와 수생 동물을 멸종시키는 황소개구리, 큰입배스, 블루길,
현상금을 걸어놓고 있어도 퇴치가 여간 어렵지 않습니다. 그
렇다면 우리 인간은 어떨까요. 인간이 지구상의 생태 교란종
이지나 않을까요?

수많은 곤충과 짐승이 살아가도 산은 언제나 깨끗합니다.
그러나 사람 몇이 이틀만 지내면 산은 더러워지고 악취를 풍
기게 됩니다. 제1의 생태 교란종이자 유해 동물은 인간, 바로
우리일지도 모릅니다. 멧돼지가 상가(商家) 유리창을 부수는
모습은 잔인한 파괴가 아니라 함정으로부터의 탈출이며, 고
라니가 파먹은 보리 싹은 강탈당한 것이 아니라 우리가 그들
의 땅을 쓰는 데 대한 최소한의 보답이 될 것입니다. 따라서
포수들이 멧돼지며 고라니를 퇴치하는 것은 퇴치가 아니라
이기적 패거리 의식이 조작하는 살상 행위가 아닐까 합니다.

얼마 전(2015년 7월)에는 특별한 품위와 재주로 짐바브웨
국민의 사랑을 받아오던 '국민사자'가 미국인 치과의사의 트
로피사냥 표적이 되었다는 보도가 전해졌습니다. 목이 잘려
나간 사자 머리를 앞세우고 찍은 그들의 기념사진을 우리나
라 언론들도 의기양양 보도하면서 약간은 비난과 걱정을 보
탰습니다.

정말 우리는 어쩌할까요? 멧돼지, 노루는 농작물을 해치니
퇴치하고 폐기처분하고 반달가슴곰, 여우, 두루미 등은 복원
한다고 떼돈을 들입니다. 나중에는 또 어찌할는지요?

먹을거리가 없어서 사냥을 해야 한다면 할 말이 없습니다.

그것도 가능하면 축산이나 양식(養殖)을 해서 최소한의 먹거리를 해결하는 것이 나을 것입니다. 하지만 단지 인간의 편의를 위해 야생의 생물을 죽였다 살렸다 하고, 터전을 뒤엎고 길을 막고 테러분자 취급을 하다니, 여기에도 '최대 다수의 최대 행복을 추구'하는 공리주의(Utilitarianism)가 작동하나 봅니다. 최대 다수의 최대 행복이란 것도 인간의 집단 이기심을 합리화하는 논리라 할 수 있습니다. 최대 다수 자체가 조작에 의한 다수요, 행복이란 것도 이기적 안락에 지나지 않는다 할 것입니다. 인간 사회 내에서도 그렇습니다. 최대 다수의 최대 행복 밖에서 희생당하는 소수의 행복, 이들의 가치가 외면당합니다. 이 지점에서 정의와 불의의 싸움이 일어나며 인간 사회의 폭력과 부조리의 온상이 차려진다 할 것입니다.

로울즈(Rawls)는 『정의론』에서 분배의 정의를 곱씹게 합니다. 그가 말하는 분배의 정의는 첫째, 모든 사람이 가능한 한 가장 광범위한 자유에 동등한 권리를 가져야 하며 둘째, 사회적 경제적 불평등은 모두에게 이익이 될 경우에만 용납되고 모든 일자리는 누구에게나 개방되어야 한다는 것입니다. 새롭다고만 할 수도 없는 이런 원칙이 지켜지지 않음으로써 우리 사회는 부정하게 되고, 부정들은 이기적인 흥정과 편법과 음모를 동력으로 해서 부정의 두께를 더욱 쌓아간다 하겠습니다.

짐승들로 인한 피해 방지 차원이라면 기본적으로 인간의 환경, 복지예산으로 충당하여야 하지 않을까 생각합니다.

자본주의 사회에서는 끊임없는 재생산과 과소비문화가 되돌릴 수 없이 삶의 엔트로피를 증가시킵니다. 그럴수록 교환가치와 물신주의에 종속된 인간의 타락을 중지시킬 자극과 대안이 요청됩니다. 불안, 절망, 우울 등을 극복하는 심리치유 산업이 거대한 산업이 되고 감정자본주의 사회라 명명되기도 하는바, 이를 극복하기 위해 치유하고 관리하기를 강요하는 사회입니다.

  우리 같은 신생 근대국가의 민주주의란 국가의 통제 아래서야 안정감을 느끼는 권위주의와 물질적 풍요와 국제적 결속만이 국가적 안전을 담보할 수 있다는 믿음을 가지고 있습니다. 개인의 '긍정적 사고'를 강요하기도 합니다. 하지만 개인의 사회, 사회적 개인이란 양심의 실천과 그에 따르는 행복이 아니고는 긍정할 수도 없고 권위에 의해 강제되는 사회일수록 깊은 절망과 소외에서 자유로울 수 없습니다.

  치유의 열쇠를 찾는다면 자연의 이치에서 정의를 찾고 실천하는 데서 찾아야 하지 않을까 합니다. 돌덩이처럼 얼어붙었던 땅을 풀어내는 생명력을 믿고, 흙을 먹고 솟아오르는 저마다의 생존. 밤하늘의 별, 지상의 바위며 산짐승이며 집짐승들이 주는 평화로운 하모니에서 찾아야 하지 않을까 합니다. 어떤 정치도, 법도, 시도, 연극도 폭력적인 이기심이 다른 생명의 희생을 강요할 때는 흉기가 되고 말 것입니다.

  법이 공평하게 존재하지 못하고, 사악한 자들이 약한 자들을 농락하기 위한 도구로 존재할 때 사회적 불행은 돌이키기 어려운 지경에 이릅니다. 국민들은 뜻밖의 소수가 되어 엄두를 내지 못하고 지연, 학연, 종교에 따라 한 푼이라도 더 득될 성싶은 싶은 쪽으로 눈치 보고 살아야 합니다. 이 지독한 생태교란은 누가 언제 어디에다 갖다 버릴 수 있을까요?

　　온 산에 불이 붙던 날 불길은 몽고의 암말처럼 부르짖으며 둥그시 둥그시 거대한 양귀비꽃처럼 피어올랐어. 질펀질펀 꽃물이 떨어지고 온 산이 온통 달아올랐어. 다람쥐, 토끼, 노루, 사슴이 달아오르고, 늑대, 곰, 삵괭이, 너구리가 달아 오르고, 황새, 참새, 독수리, 딱다구리가 달아오르고, 개나리꽃, 도라지꽃, 진달래꽃, 찔레꽃이 달아오르고, 동해바다 거북이도 기웃거렸어. 별은 별대로 풀잎은 풀잎대로 옷을 벗고, 편지도 없이 왕래하였지.

　　살내 진한 김해김씨 미망인께선 맨살로 불을 쪼이고 계셨어. 미망인께서 돌아앉으시면 강물이 넘고 온 산 산짐승부터 풀잎까지 느껴 울었어. 바위 떼 무너져 내리는 험한 길을 꽃잎 안 같이 보드라운 맨발로 걸어 미망인께선 짐승의 방마다 돌아보시고, 이따금 눈물을 보석으로 떨구시었지.

　　떨어진 눈물은 소나기 오는 날에 꽃으로 피어 빨간 몸으로 비를 맞았어. 빨간 몸으로 비를 맞으면 철쭉꽃도 옆에서 비를 맞았어.

- 「망부석(望夫石)」 전문

대학시절 꿈꾸던 신화적 화해의 세계를 갈망하는 시. 미망인은 시적 주체의 전망인 동시에 자유와 화해의 여신이었습니다. 모든 존재를 받아들이고 사랑하는 마음을 미망인의 관능과 감성을 통해 표현했다 하겠습니다.

모든 존재는 각자의 세계를 이루는 동시에 더 큰 화해의 세계를 이루게 됩니다. 멧돼지나 고라니는 물론 인간 간에 있어서도 마찬가지, 남의 길을 막고 서서 남이 내 길을 막는다고 억지 논리를 펴고 있지나 않은지 돌아보아야 합니다. 다른 존재들과의 관계에서는 만물의 영장인 인간이 먼저 책임지고 먼저 개선의 길 닦기에 나서야 할 것입니다. 자연이 생존 수단으로 개발되고 이용되면서 인류 역사의 모순과 불안 또한 심화된 것 아닙니까?

자연은 지금 새로운 반격을 예비하고 있을지도 모릅니다. 사람의 마음에서 생명 존중의 마음을 앗아가는 것이 그 제일의 반격이지 않을까 합니다. 행복이란 많이 모으고 목숨 오래 끌고 가는 욕심에 깃드는 것이 아니라, 즐겁지 않은 듯해도 무사히, 갖지 않은 듯해도 함께 사는 안심(安心)과 평화에서 비롯되는 것이지 않을까 하는 것입니다.

체리피커와
진달래

　　김홍도. 산수화, 풍속화는 물론 인물화·신선화, 불화
등 모든 분야의 회화에 뛰어났던 18세기의 화가. 서민의 생활
상을 특유의 익살로 그린 풍속화는 설명이 필요하지 않은 최
고봉이지요. 그의 자유로운 성격이 남긴 유명한 일화 하나.
　어느 날 부잣집 담 너머로 가지를 뻗은 고목 매화나무의
모습에 사로잡힌 일이 있었답니다. 주인에게 값을 매겨보라
한즉, 주인은 이천 냥이란 비싼 값을 불렀고, 이천 냥은커녕
스무 냥도 없었던 김홍도. 요행히도 그때 어느 부잣집에 3천
냥짜리 그림을 파는 기회가 생겼고, 아니나 다를까 그는 거
금 2천 냥을 지불하고 매화나무를 자기 집으로 옮겼답니다.
그러고는 친구들에게 기념 술자리까지 베푼즉, 친구가 물었
습니다.
　"가진 게 없어 끼니 굶는 날이 허다한 사람이 이천 냥이나
주고 나무를 사다니! 그래, 나머지 천 냥은 어쨌어?"
　"이천 냥 나무 값으로 쓰고 나머지 천 냥 중에 팔백 냥은
요 술자리 마련하는 데 쓰고, 이백 냥은 쌀과 나무를 사두었

으니 어떤가, 나도 부자가 됐지 않은가?"

돈은 모으기 위한 것이 아니라 원하는 것을 위해 쓰는 수단에 불과한 것. 최고의 화가가 원한 것은 일신의 호의호식이나 자신을 돋보이게 하는 고대광실도 호화 마차도 아니었습니다. 그에게 소중했던 것은 자신의 솜씨도 범할 수 없는, 살아 있는 자연의 걸작, 나이 먹은 매화나무!

김홍도를 부러워할 이유가 될 만한 일화입니다. 언제 다시 허기를 무릅써야 할지 모르는 처지임에도 불구하고 평소에 신세 지던 벗들에게 한 턱 쏘기까지 하다니, 그야말로 나름 돈을 쓸 줄 아는 속 부자가 아니었던가 합니다.

내가 10년 전 가파른 고깔봉 중턱에 집을 지은 이유는 사방을 둘러싼 암봉, 바위를 뒤덮은 부처손과 분홍 구름처럼 군데군데 피어오르던 진달래, 산벚나무들과 복사꽃, 구석구석 비밀처럼 숨어 있던 춘란 등등, 자연의 도량 같은 환경이 제1의 이유였습니다. 단점이라면 너무 가팔라서 목수 출신인 전 주인도 버리다시피 한 땅이었지만 나는 그중에 조금만 쓰면 내 살 집터는 되겠다는 기대를 가졌습니다. 겨우겨우 전용 허가를 받아 콘테이너 철판 집을 지었습니다. 매화나무를 얻은 김홍도에 비하겠습니까만 나름 만족스러운 기분이었습니다.

하지만 1, 2년 만에 부처손과 난초가 자취를 감추었습니다. 산길에 자동차를 대놓고 난초를 파 가는 이와 마주치기도 했지만 어찌나 시침을 떼든지, 뿌리째 파인 춘란을 눈앞에 두고도 오리발 내는 그에게 더는 어쩌지 못했습니다. 그러다 노모와 함께 지내느라 김해 농막에서 거주하는 날이 잦아진 어느 날, 진달래마저 거의 자취를 감추게 되었다는 사실을 알아차리게 되었습니다.

그 이태 후의 봄, 길에서 수상한 자루를 둘러메고 곡괭이를 들고 올라오는 약초꾼 차림의 노인을 만났습니다. 어딜 가시느냐니까 참꽃(진달래) 캐러 간다, 참꽃은 수목원에 가서 사셔야지 어디에서 캐실 거냐 했더니 이러더군요.

"바로 요 위에 천진데요 뭐. 요 아래 사는 O사장 하고 지난번에 와서도 한 차 실어 갔는데, 이번에 좀 더 필요해서."

'요 위'라면서 가리키는 곳은 바로 우리 바위 능선, '요 아래' 사는 O사장이란 나와도 사근사근 인사하고 지내는, 중소기업을 둘씩이나 경영한다는 O사장. 성품이 소탈하고 깨끗해서 자연과 함께하려 왔다면서 무허가 집을 지은 사장님. 약에 쓸 것이라며 돌복숭 열매를 좀 팔라 하길래, 쓸 만큼 직접 따 가시라고 했더니 아예 다 따 가기도 한 통 큰 인물. 내가 집터를 정한 제일의 이유가 3면을 둘러싼 진달래와 산매화와 복사꽃이라는 사실을 그에게 설명하기도 하였거늘.

"꽃나무가 필요하면 사다 심으십시오." 나는 O사장에게 요런 문자 한 번 보내는 것으로 마음을 다스리기로 하였습니다.

터놓고 말하자면 마음 비우고 살려고 귀촌했다는 사람치고 실제 마음 비운 사람 찾기 어렵습니다. 말로는 욕심 비웠다고 하지만 그 말은 본마음은 비우고 욕심은 숨기고 있다는 말로 들어야 할 지경입니다.

하기야 욕망을 인간의 불가피한 본능으로 보고 이를 부채질하는 논리가 합리화의 기제가 되어 날뛰는 세태이기도 합니다. 성악설의 원조로 알려진 옛날 중국의 순자(荀子)는 인간의 악한 본능을 잘 다스리기 위한 방안 찾기에 골몰했던 성인이지만 자본주의 사회를 변명하는 오늘의 욕망 이론은 아예 숙명적이어서 따라야 한다는 유혹이기까지 합니다.

나는 그렇지 않다고 생각합니다. 끄기 어려운 욕망의 불에 감싸여 있는 것도 사실이겠지만 인간은 욕망을 다스릴 줄 아는 또 다른 욕망을 강하게 갖추고 있다고 생각합니다. 욕망의 불 외에 스스로를 베어내는 이성의 불과 연대적 사랑의 불도 갖추고 있기에 인간의 욕망은 희망이 되어 만물의 영장 노릇을 하기에 이르렀습니다. 허영의 욕심이 멈추지 않는 한 인간은 서로 적이 되어서 누구도 승리할 수 없는 지경에 이르게 되고, 아무것도 가질 수 없게 된다 할 것입니다.

누구나 자신을 마음대로 조절할 수는 없습니다. 역설적인 말이긴 합니다만 욕심이란 사람이 죽고 나서야 제대로 채워지는 것일까, 하는 생각에 쓰인 졸시 「수목장(樹木葬)의 노래」 전문입니다.

방 한 칸, 밭 한 뙈기 없이 떠돌았네
마음 놓지 못하고 서성거리며

집이고 땅이고 사재는 자 시기하였다네

그래도 이제 되었네, 내게도 있네

머리는 하늘에 닿고

다리는 멀리 개울에 닿거니

낮이면 산새들의 전국 노래자랑

밤이면 별들이 창문 열고 세상일 일일이 묻네

랄랄랄랄라, 하늘도 땅도 내 손 안에 있네

나에게도 잘나가는 시절 왔거니

조금 늦었을 뿐, 다 가졌도다

남의 눈치 살피기 몸에 배었고

적게 쓰고 살기 버릇 되었으니

참은 눈물 풀어내고 삭인 노래 풀어내고

두 발 뻗고 누우면 될 일

원망할 이, 시기할 이 없으니

이제 되었네, 때 맞춰 자리 골라 자리 잡았네

나는야 갖지 못한 게 없네

　욕심도 시샘도 없는 세상은 이 세상을 벗어나야 접할 수 있을지도 모르겠습니다. 그것도 이승에서 제대로 마음먹은 이에게나 찾아올 복일 것만 같습니다. 하지만 부질없는 욕심의 부질없음을 깨닫는 건 이승에서 애를 써야 할 일이고 이승에서의 평안에 이르는 길이 아닐까요?

　촌에 와서 맑은 공기 마시며 살겠다고 하나, 물도 공기도 인심이 맑을 때라야 맑게 배어듭니다. 이른바 귀촌인 중에도 철면피 땅 투기꾼과 자연 훼손자들이 적지 않습니다. 예의 O 사장은 포크레인으로 긁어모은 바위들과 우리 집 진달래를 자신의 무허가 별장 뜰 꾸미는 데 갖다 쓰더니 재작년에는 매물로 내놓았다고 합니다.

이 정도 일, 여러 차례 겪었습니다. 자신은 만날 남의 땅 밟고 지나다니면서 도로에 편입된 손톱만 한 자기 땅 권리행사 하겠다며 앙탈을 부리는 사람, 애써 심어놓은 산림사업용 묘목이며 남의 집 앞 나무를 제 것처럼 뽑아 가는 사람, 들키면 세상에는 원래 정해진 주인이 없다며 남의 것도 내 것이고 내 것도 깡그리 내 것으로 여기는 사람, 멱을 잡고 드잡이 해대고 싶은 자 적지 않습니다.

체리피커(cherry picker)란 말이 있습니다. 음식에서 달고 맛있는 체리만 골라 빼먹는다는 뜻에서 나온 경제용어로, 이벤트나 할인행사만 챙기는 소비자, 주어진 권리를 이용해 약삭빠르게 챙기는, 결국은 남의 이익을 가로채 가는 이들이지요. 이 체리피커 심리가 시골 인심까지 다 버려놓고 있습니다.

그 속에는 인간의 욕망을 당연시하는 철학적 심리학적 믿음, 욕망의 대상이 비록 허상에 지나지 않을지라도 그것을 실재라고 믿고 인간은 온갖 수단 방법을 동원할 수밖에 없다는 자본주의 체제의 운명적 논리가 깔려 있습니다. 하지만 인간의 행복이란 자신에게서 타인의 원망을 제거해갈 때, 욕심을 줄여서 타자를 이해하고 받아들일 때라야 얻을 수 있는 평온에서 시작되는 것이 아닐까요?

남의 것 가로채서 쌓아두는 짓을 현명으로 아는 체리피커들이 사회의 교양을 이끄는 세태, 시골 전통과 풍습은 반 문명으로 폄하하고 자본주의적 병폐를 교양으로 받드는 행태는 근대 문명도 경제생활의 지혜도 아닌, 태곳적부터 인류문화를 좀먹어온 악성 바이러스 같은 것이 아닐까 합니다. 자유주의 시장 경제도 강력한 통제 아래 있어야 합니다. 그리고 그 통제는 정의로운 체제에 의한, 또는 양심에 의한 통제여야 할 것입니다.

우리가 바라는 사회는 개인의 권리가 존중되면서도 공평성이 원활히 작동하는 사회일 것입니다. 존 롤즈(John Rawls) 교수는 '최대다수의 최대행복'이란 세칭 공리주의의 맹점을 비판하고, 언론, 집회, 결사 등 정치적 자유 외에 기회의 평등, 사회적 약자의 상대적 우대, 공평한 기회의 부여 등을 정의의 기준으로 제시한 바 있습니다. 경쟁을 한다 해도 원천적으로 불공평한 경쟁을 받아들이거나 꾀할 것이 아니라, 공평과 정의에 입각한 기회를 나누어가야 합니다. 부족한 자, 못 가진 자, 정의로운 자의 희망과 권리는 더욱 존중되어야 합니다.

귀촌을 한다면 내 것 아끼는 만큼 남의 것도 아끼는 게 좋습니다. 웬만하면 내 것부터 좀 내놓는 것이 좋을 것입니다. 원래는 이 땅의 아무것에도 임자가 따로 있지는 않았습니다. 하지만 지금에 와서 그런 말장난으로 자신의 독점욕을 채우려 들면, 공동체의 연대성은 더 깨뜨려지고 인심은 손상될

뿐. 내 것도 내 것이 아니라 생각하면서 나누고, 내 것도 남의 것이라 생각하고 쓰기 삼가는 것이 촌놈의 마음이라 하겠습니다.

남의 것이 내 것이 되려면 남의 땅, 남의 집, 남의 행복이 내 것이 되려면, 남의 불행, 남의 가난, 남의 땀, 남의 고통도 나의 것이어야 합니다. 추상적인 기원에 그치는 말일지 몰라도, 남의 죽음까지도 내 것으로 여길 줄 알아야 할 것입니다. 적어도 이런 마음을 소중하게 여기고 사는 이가 촌놈이요, 이를 실천하는 삶이 공동주체의 삶이 아닐까 합니다.

요즘 나는 가끔 석기시대를 꿈꾸고 있습니다. 근작 「석기시대」 연작시에는 인류문명이 석기시대 정도에 멈추었더라면, 하는 바람이 배어 있습니다. 석기시대에서 실어온 바람의 말.

허공에 감사하며 살아야 한다.
우리가 동굴 속에서 편히 지내고 있는 것도
동굴이 동굴 되기 전부터 안겨 있던 허공 덕분이며
돌그릇이 고기를 담을 수 있는 것도
그릇이 그릇 되기 전의 허공 덕분이며
불이 열을 내고 빛을 밝히는 것도
불을 싸고도는 허공의 덕분이다.
허공과 친하게 지내야 한다
과일이며 곡식이며 우리 손에 드는 일,

허공이 익혀 전하는 빛과 향의 덕이다.
식량을 향해 날아가는 나무창도
허공이 받아줄 때 짐승의 살을 얻나니
허공을 가까이하고 살아라
허공을 배반하는 날은
살이 상하고 바람이 상하나니
몸과 마음이 가득하여 부패하는 날에는
고기가 고기가 아니고, 곡식이 곡식이 아닐 것이니.
살 속에 머릿속에 허공을 들여 두고
내장 구석구석 허공 들여 두어라, 허공을 두어
식량이며 사람이며 무시로 드나들도록
짐승에게도 가고 물이며 불에게도 가도록
마지막 절벽 앞에 설 때에도
기꺼이 절벽의 먹이가 되어 허공에 들 것인즉

선약(仙藥) 백초액

촌에서는 산나물이며 약초, 약재 나무뿌리를 채취하는 이들을 만나는 일이 드물지 않습니다. 이기지도 못할 만큼 무거운 배낭이며 나물 보따리를 매고 산에서 나오는 사람들, 산속까지 은밀히 차를 갖다 대고는 싹쓸이를 하는 이들, 대개 약재수집상, 나물 장수들입니다. 장사가 되는 것도 그리 오래지는 않으리라 여겨집니다만.

한편에서는 뱀, 개구리, 개미, 지네 같은 것들을 말리거나 기름으로 짜서 복용하는 비법들이 만병통치, 불로장생의 욕망을 부추깁니다. 사회 문화의 대세가 된 웰빙, 힐링이란 말도 장수(長壽)의 욕망을 미화하는 데에 지나지 않는구나, 생각될 정도입니다. 유전자은행의 영업사원이 다가와 "당신의 장기를 갈아끼울 수 있다."며 장수의 욕망을 부추기기도 합니다.

나도 산나물 채취에 뛰어든 적이 있습니다. 20세기까지, 그러니까 15년여 전까지만 해도 마을 뒷산은 산나물 천지였습니다. 산이란 데에는 당연히 산나물이 많은 법이거니 했습니다. 그러던 것이 얼마 지나지 않아 눈을 부라리고 찾아도 찾기 어려운 형편이 되었습니다. 모두들 건강에 한이 맺히기라도 한 듯 씨가 마를 지경으로 싹쓸이해 가버리는 까닭입니다.

산야초 교실이며 약초 교실 붐이 무르익던 2003년 한 해, 나는 백초액 담그기에 빠졌습니다. 촌로에게 듣기를 "새봄에 온갖 나물이며 순, 뿌리, 꽃 등등을 가리지 않고 채취해서 설탕과 함께 3년을 묵혀두면 만병통치약, 백초액이 된다."라는 비법에 솔깃했던 거지요. 내 당뇨병에도 좋으려니 하는 기대도 없지 않았거니와, 약초니 잡초니 교목이니 관목이니 아관목이니 가리지 말고 어떤 것도 솎아주듯이 새순을 한데 모으면 된다는 방법부터가 마음에 들었습니다.

산이며 들을 쏘다니며 새순을 땄습니다. 알 만한 나물로 냉이, 얼레지, 참나물, 고들빼기, 고사리, 질경이, 민들레, 짚신나물, 씀바귀, 어성초, 삼백초, 맥문동, 도라지, 참비름, 쇠비름, 당귀, 엉겅퀴, 궁궁이, 깻잎 등등에 인동, 소나무, 엄나무, 옻나무, 붉나무, 상수리나무, 화살나무, 뽕나무, 편백나무, 헛개나무, 감나무, 찔레, 칡, 대나무, 망개나무 등등의 새순과 뿌리와 열매들 말이죠. 여기에 배꽃, 사과꽃, 목련꽃, 참꽃, 싸리꽃, 찔레꽃, 엉겅퀴꽃, 칡꽃, 장미, 각종 허브, 아까시꽃, 감꽃, 산국꽃 그 밖에 오지 시골 장에서 구입한 각종 버섯, 약초뿌리, 과일 등등으로 열 말들이 큰 옹기를 가득 채웠습니다. 나는 일년 내내 잡목 숲을 헤치거나 시골 장을 돌아다녔고 아내는 고르고 말리는 일을 거듭했습니다. 아내의 말로는 따 모은 식물의 종류가 160여 가지인가 된다고 했습니다.

3년 기다리는 일이 남았습니다. 기다리는 동안 만난 서울의 K교수와 C교수에겐 3년 후에 백초액이란 걸 조금씩 보내드리겠으니, 기대하시라고 자랑까지 했습니다.

3년 째 되던 봄날, 대동에서 삼랑진으로 이사를 할 때였습니다. 만 3년을 채우려면 몇 달 더 기다려야 했기에 개봉을 하지 않은 채였습니다. 이웃에 살던 채씨와 지씨, 그리고 채씨 트럭의 도움을 받기로 했습니다. 채씨에게는 산길에서 집으로 오르는 길이 무척이나 가파르니, 트럭 상태를 잘 점검해 두시라는 당부까지 해둔 상황.

이사 날에 실로 안타까운 일이 일어났습니다. 채씨의 트럭이 위채를 향해 오르막을 오른다 싶은 순간 빠른 속도로 뒤로 미끄러져 산길 너머 낭떠러지를 향해 달리는 것이 아니겠습니까?

"안돼!" 나도 모르게 소리를 질렀습니다. 뒤로 산길을 차고 넘어 낭떠러지로 떨어질 것 같던 트럭은 기적처럼 팽 돌더니 시멘트 길 위에 우당탕 뒤집히는 데 그쳤습니다. 죽었다 살아나는 순간이었습니다. "채○○!" 소리치며 달려가서 뒤집힌 운전석에서 채씨를 빼내었습니다. 떨어지지 않고 뒤집히기만 한 트럭, 죽지 않고 살아난 그에게 거푸 감사의 인사를 해야 했습니다.

주변에는 백초액 향기가 진동하기 시작했습니다. 그 향기는 2개월여 신비의 꽃구름처럼 떠나지 않고 소낙비가 와도 떠내려가지 않고, 길 아래 절집이며 술쟁이 이씨 집 슬레이트 지붕께까지 맴돌았습니다. 그 날의 행운(?)을 기념하기라도 하는 듯.

알고 보니 그 트럭은 브레이크가 전혀 듣지 않는, 심각한 고장 상태에 있었던 것을, 채씨는 애초 요행을 믿고 수리도 하지 않은 채 나섰던 것이었습니다. 트럭 수리비에 치료비 대는 걸로 끝나는 게 천만다행이었습니다.

백초액을 담근 큰 독 두 개는 그때 사라지고 한 말들이 작은 항아리 하나가 남아 2년을 더 묵혀두었습니다. 아니 방치했습니다. 잊고 있다가 한때 가까이 이사를 와, 이상형이라 부르며 잘 지내던 선배교수의 부인께서 암에 걸려 고생하신다기에 3홉 정도 한 병 걸러 드리고 남은 건 아내더러 먹으라 하고는 다시 잊었습니다. 나는 손가락 끝으로 향기 한 번 음미해보는 것으로 그쳤습니다. 채씨의 무사함을 생각하면 만병통치 이상의 기막힌 다행이었습니다.

실은 채집을 위해 산속을 돌아다닐 때에도 백초액이 만병통치의 명약이라고 믿지는 않았습니다. 세월을 잊고 땀 흘리는 시간이 즐거웠고, 독이 있는 식물일지라도 다른 야초들과 섞이다 보면 중화가 되어 약효를 높이게 된다는 사실이 아름답기도 하고, 대견스러웠습니다. 한 가지를 몽땅 채취하는 것이 아니라 조금씩 따 모으는 재미도 솔솔했습니다. 제대로 성장할 수 없을 만큼 뒤엉킨 수목들의 가지나 순을 꺾어 방향을 골라주는 것이 주된 일이었습니다. 그것이 그들에게는 볕과 바람을 더 가까이 만나게 하는 일이 되니 즐거운 일이었을 밖에요.

백초액 항아리들이 한순간에 깨져버리고 나니, 그 역시 한때의 집착이었고 부질없는 허영이었으려니 생각되었습니다. 또다시 백초액을 담지는 않았습니다. 우리 마당에 날아와 자생하는 것을 저축하지 않고 조금씩 얻어먹든지, 아니면 누군가가 재배한 걸 사서 쓰기로 했습니다.

오래, 건강하게 사는 것, 나는 그조차 이다지 지나치다면 온당한 욕심으로 생각지 않습니다. 장수 욕심은 이미 빈부의 차, 복지의 차에 대한 사회적 갈등을 일으키고 있고요.

건강을 묻는 말이 가장 친숙한 인사말이 되고 제일의 소망이 되고 있습니다. 하지만 건강해서 오래 사는 것보다 살아 있는 동안 해나갈 일의 건강성이 더욱 소중하지 않은가 생각합니다. 오래 살고 편안하게 살기 위해 불안하고 불편한 삶을 꾸역꾸역 겪어 넘길 수는 없지 않을까요? 지구도 영원히 살지는 못하는 것 아닙니까?

오십 억 년쯤 지나면 태양은 죽을 때가 되어 지구 가까이 눕고, 그 체온에 지구가 녹아 찌꺼기는 남는다든가 남지 않는다 하던가.

일천 억의 별들이 다 죽는다 해도 수소와 헬륨처럼 가

벼운 것은 살아서 자꾸 별이 되고 별이 되어 핀다고, 가장 가벼운 원소— 수소는 그래도 남은 무게마저 벗으려고 이 순간에도 폭탄이 되어 폭발한다고 한다.

은하수가 이마에 닿을 때면 햅쌀밥 먹으리라, 한 식구 한 평상에 누워 별밥 지었다. 우리의 허기는 별밥으로 채워지고 우리들 그리움은 별을 헬 때 가벼웠다. 억울하게 산 사람은 별이 된다고, 아름답게 죽은 넋은 별이 되어 뜬다고 가장 죄 없는 마음을 별에 매어 달았다.

더 가벼운 존재가 되는 줄을 알아도 다수의 인종들은 폭발을 두려워한다. 누구는 폭발 대신 뒷손으로 뒷줄 잡았다 하고 또 누구는 뒷돈 잡았다 한다. 이념의 줄을 타고 소신의 너울 쓰고 정의의 분 바른 채 폭발의 즐거움을 피한다. 한 백억 년 무겁게 남아보려 한다고 한다.

전자오락기 앞에서 아이들이 어른 몰래 별 부수기 연습을 한다. 별은 자꾸 폭발한다. 신명나게.

—「즐거운 폭발」 전문

원하는 바 없이도 별을 헤아리듯, 숲길을 걷듯 편안한 시간을 살아간다면, 조금씩, 조금씩 불편부당을 넘어서고 부조리를 넘어설 수도 있지 않을까 합니다. 먼 장래를 계획하기보다 현재를 소중히 여기고 본래의 마음을 향해 산다면 자유라는 향기, 건강이 주는 향기가 맴돌게 되지 않을까 합니다. 모쪼록 엄한 마음 터놓고 가볍게 살 일입니다.

사람들의 건강에 대한 욕구에 불만을 늘어놓고자 하는 것이 아닙니다. 건강을 위하여 정의와 사랑을 희생할 수는 없지 않은가 하는 것입니다. 바르지 않은 행복은 자칫 주변을 그르치기 쉽고 사람을 불안하게 합니다. 아름답지 않은 행운은 사람의 할 일을 포기하는 길에 이르게 할 수도 있다는 말입니다. 만일 일신의 불로장생을 위해 행운을 독점하고 권모술수를 가리지 않는다면 스스로 불만과 불행의 구렁텅이에서 빠져나오지 못하게 될 것입니다.

대개들 알고 있는 이탈리아의 작곡가 베르디(Giuseppe Verdi, 1813~1901). 〈일 트로바토레〉, 〈춘희〉, 〈아이다〉, 〈오델로〉 등의 명작 가곡을 남긴 그는 1840년 4월부터 두 달 동안 사랑하는 처자를 모두 잃고 무서운 고통에 빠졌지만 그 기간에도 그는 그 전에 약속한 계약을 지키기 위해 코미디 오페라 〈왕관의 하루〉를 썼다고 합니다. 세 가족의 죽음과 코미디 오페라 〈왕관의 하루〉. 그는 음악을 포기할까 고민하기도 했지만 "세상은 모두 농담이다"라는 유명한 말을 남기며 죽음의 비극을 극복해나갔습니다.

모든 생명은 영원하지 않습니다. 영원하지 않기에 죽음도 가치 있는 삶의 일부라 하겠습니다. 죽음의 슬픔 속에서도, 죽음에 이르는 순간까지도, 현실적 타산을 떠나 개인과 공동체가 함께 할 일이 있다면 그건 진정 자유와 일체된 화해의 지경에 있다 할 것입니다.

인간의 자유란 본능적으로 욕망하는 자유뿐 아니라 욕망

에서 해방되는 자유를 말할 것입니다. 우리가 해방되는 건 결국 다음 세상에서나 가능한 일일까요?

누가 쌓은 흙더미일까?
잡목 숲 걷다 만난
허물어진 흙더미.
이미 어른 키 넘는 솔이 자라고
웃자란 개옻나무 길을 막는다.
들짐승이 파헤친 귀퉁이 맨살에는
뱀 굴이 깊다.
처음 봉분을 쓸 때에는
그래도 여럿이 따랐으리라.
따르던 사람들 갈라지고 흩어지고
아무도 찾지 않는 때 되어
굴러온 바위 마침내
박힌 돌 밀어 내었으리.
비로소 묵은 짐 벗고
허물어진 흙더미
이제 자유의 몸이 된 것일까?
개망초 꽃, 쑥부쟁이 꽃 둘러대고 앉았다가
점잖은 듯 뒷짐 지고 마을을 돈다.
휘뚜루마뚜루 쥐불 흔들며
붉나무 이파리, 개옻나무 이파리

불 칠하고 돌아다닌다.
나직이 사람 불러 세우고는
종적 감추고 없다.

- 「자유의 몸」 전문

　이승에 사는 동안은 욕심에 묶여 편할 날 없고, 저승으로 옮겨서도 비석이며 봉분이며 장식에 억눌려 버거워하다가 그 마저 다 무너진 후에 즉, 자연이 된 후에나 자유의 몸이 될까, 생각이 드는, 어느 가을날이었습니다.
　자연의 하나로 행복하다는 건 바위 같은 건강을 유지하는 것이 아니라, 어디에서 무엇을 하든 자연과 이웃과 함께하며 그리워하며 자발적인 진정을 바치는 순간에 깃드는 것이 아닌가 합니다.

미운
병아리 삼총사

대동 농막에서 지내느라 삼랑진 집엔 일주일에 한 번 정도나 들르던 5년 전 어느 늦은 봄날, 혼자 집엘 다녀온 아내가 꿩 알 네 개를 주워왔습니다. 집 축대 위 풀섶에 까투리가 알을 품었던 모양, 마침 어미가 자리를 비운 때라 꿩 알 여남은 개가 따뜻이 덥혀져 있었고 아내는 그중 네 개를 슬쩍해 왔던 것이었습니다. 마침 내가 꿩을 키워보고 싶다던 때인 데다 농막의 암탉이 알을 품고 있을 때이기도 해서 병아리들과 함께 부화시켜보자고 전에 없던 용기를 낸 모양이었어요.

달걀 반만 한 크기에 푸르스름한 빛이 도는 회색 원구체. 열흘쯤 지나자 암탉의 품에서 세 마리의 꺼병이가 부화했습니다. 병아리들보다 꺼병이들이 먼저 부화한 것입니다. 삐이삐이삐이삐이, 소리가 어찌나 큰지 닭장이 흔들거릴 지경이었어요. 포르릉 포르릉 나락 마당에 참새 넘나들 듯, 잽싸게 날고뛰는 줄무늬 보호색. 만일의 경우를 대비해서 철망을 2중으로 덧대어놓았지만 이중철망 틈으로도 잘도 드나들었습니다. 그렇지 않아도 산마을 초여름, 꿩 꿩 꿩 꿩 꿩, 장끼가 날고, 쵸 쵸 쵸 쵸, 삐 삐 삐 삐, 꺼병이들이 까투리를 따라다니는 소리가 가득한 때입니다.

다시 일주일쯤 지나자 암탉의 진짜 아이들, 병아리 일곱 마리가 태어났습니다. 삐약 삐약 삐약 삐약 삐약, 샛노란 것들이 목청껏 소리치다가 어미 품속에 뛰어들기도 하고, 어미 발에 밟힐 지경으로 발치만 맴돌았어요. 세 마리의 꺼병이들은 병아리 동생들 사이를 헤집고 다니느라 더 바빠졌고, 나는 꺼병이들이 잘 적응해주기를 바라며 어두워질 때까지 모기에게 물려가면서도 그들을 지켜보곤 했습니다.

암탉은 일곱 마리의 샛노란 병아리를 거느리고 부화장 안을 으스대며 거닐었습니다. 삐약 삐약 삐약 삐약 삐약 삐약 삐약, 병아리들은 흙 파기 놀이도 하고 목운동을 하기도 하고 사료 통을 뒤지기도 했습니다.

"이리 오너라, 꼬오옥 꼭!"

어미가 부르면 병아리들은 하던 일을 멈추고 재빨리 달려갔습니다. 아주 예쁘고 착한 아이들이었습니다. 하지만 꺼병이 삼총사는 왠지 낯설어하며 닭장 안팎을 왔다리 갔다리 안절부절못했습니다.

그러다 꺼병이들이 사라지고 말았습니다. 허술한 닭장바닥을 뚫고 족제비나 담비가 와서 물고 갔을 거라고 하겠지만 우리 닭장은 그리 허술하지가 않아요. 닭장 바닥엔 설치류의 침입에 대비해서 애초에 촘촘한 철망을 깔고 그 위를 흙으로

덮어서 쥐나 족제비 같은 설치류가 땅바닥으로 드나들 수 없도록 만들었으니까요.

꺼병이들 스스로, 스스로의 차별성을 자각하고 집을 나가고 만 것일까요? 집 주변엔 까투리와 꺼병이들이 서로 찾고 답하는 소리가 가득했습니다.

며칠 후 산길을 따라 나섰더니 꿩! 꿩! 꿩! 꿩! 장끼가 날아오르고 장끼가 앉아 있던 풀숲에선 꺼병이 여럿이 삐 삐 삐 삐, 어미 까투리를 쫓아가고 있었습니다. 그중 뒤에 따라가던 세 마리와 내 눈이 마주치는 듯한 순간, 세 마리의 까투리가 발을 헛디뎌 주르르 넘어졌다 일어나는 게 아니겠습니까? 잽싸게 일어나 가랑이가 찢어지게 다시 일행을 쫓아갔습니다. 나는 단정했습니다. 그 아이들은 집 나간 미운 닭 새끼, 미운 병아리 삼총사일 거라고. 그들이 새 어미를 만나, 내 무모한 욕심에 대고 마지막 인사를 하고 가는 거라고.

나는 새삼 종(種)의 차이랄까, 문화의 차이 같은 걸 실감했습니다. 꿩과 닭이 서로를 받아들이고 그 위에 나까지 쉬이 녹아들 것이라는 판단은 무지한 편견에 지나지 않았습니다. 같음 속에는 다름이 있고 다름이 있으므로 같이함이 아름답다는 사실을 곱씹게 되었지요.

그 몇 년 전에 썼던 시 「나에 대하여」는 우리 마당에서 개똥을 굴리며 사는 말똥구리가 어느 날 내 관찰의 대상에서 벗어나 나라는 인간에 대해 골똘히 성찰하고 있다는 것을 깨달은 몇 순간의 표현이었다 하겠습니다.

땀 훔치고 앉았노라니
맞은편에
말똥구리 한 마리
전생에 내가 저 화상이었나?
나에 대하여
생각에 잠겨 있다

- 「나에 대하여」 전문

집 나간 세 마리의 꺼병이들은 나를 정들이려 해도 정들지 않는, 어리석은 키 큰 짐승쯤으로나 여겼는지 모릅니다. 내가 놈들의 생명을 노리개쯤으로 취급하면서 애정표시를 한다고 했으니, 그건 오만에 지나지 않았던 것을.

부드러운 선율의 간결하면서도 서정적인 가곡을 남긴 오스트리아의 천재 작곡가 슈베르트(Franz Peter Schubert)는 그의 일기에서, 세상에 대한 자신의 차별성과 개별 고통이 세계적 연대의 토대가 된다는 사실을 성찰한 바 있습니다.

남의 고통을 이해하는 자는 없다. 남의 참된 즐거움을 이해하는 자도 없다. 사람은 서로 합쳐서 살아간다고 생각하기 쉽지만, 사실은 제각각 살아간다. 아아, 고뇌! 그것만이 알고 있다. 이 고뇌에 의하여 이루어진 내 작품이 세상 사람들을 가장 즐겁게 하는 것으로 생각된다. (1824. 3. 27 일기에서)

그렇습니다. 차별적 개체성, 그것은 군중 속의 고독의 원인이 되기도 합니다. 그러나 단독자의 고독 속에서 공동체를 향한 진정한 고통은 가치를 발휘하게 됩니다. 개별성이 없다면 사회 발전의 동력— 창의와 생산의 동력이 떨어지고 따라서 공동체적 연대와 미래적 발전도 기약할 수 없을 것입니다. 개체적 자유와 고뇌가 지역 문화의 원천이 되고 그것을 바탕으로 더 큰 공동체의 아름다움이 생성되는 것이 그와 같을 것입니다.

하지만 양심을 잃은 개체성, 자기중심적 독선과 탐욕은 사회적 관계를 그르치게 됩니다. 동일성의 계몽논리로 지역을 장악하고 패권적 대립을 조장하기도 합니다. 독선은 차이성을 외면하는 대중에 영합하여 집단적 명분을 조작하고 기회주의적 왜곡으로 공동체의 문화를 병들게 하고, 사회를 진실이 닿지 못할 암흑 속에 빠뜨립니다.

남을 남으로 이해하면서, 남의 딱한 사정을 내 사정처럼 여기는 일을 우리는 정의라 하고 그 마음을 양심이라고 합니다. 먹을 것 넘쳐난다고, 살기 편리해졌다고 이기적 집단 도취를 조작하고 합리화하려 하지만 통계자료를 보면 우리 국민의 개인 부채는 기하급수적으로 늘고 있고, 빈부의 양극화 현상은 자심해서 불행과 불공평의 지수가 높아만 가는 현실. 심지어 출산과 양육의 본능적 즐거움마저 성가신 책무로 여기게 되었습니다. 우리가 우리 자신의 꿈에서 멀리 쫓겨나 있고 남의 사정이나 나 자신의 내면은 모르고 사는 거나 아닌지 모르겠습니다.

촌에서 산다는 건 단지 촌이라는 공간에 던져지는 것이 아닙니다. 촌 생활은 현실 적응을 넘어 본래적 자연을 만나고 서로 존중하며 살아가는 즐거움을 받아들일 때 가능하고 또 그러기 위해 택하는 엄연한 현실입니다. 자연은 낱낱이 다른 타자이면서도 한데 사는 공동주체입니다. 인간은 인간인 동시에 어느 존재에게는 자연이라는 타자이기도 할 것이고. 우리가 우리이면서 자연임을 아는 것도 촌것들의 덕목이 아닐까 합니다.

자기를 상실한 인간, 그는 곧 세상을 잃은 존재이기도 합니다. 남을 인정하지 않는 인간은 공동체를 이탈한 존재입니다. 제 이득 챙기기를 지혜로 여기고 편당의 논리를 빌려 이기심을 합리화하고, 남이란 속이는 대상이 아니면 부당하게라도 억눌러야 할 대상으로 여기기 쉽습니다. 그 자신 이기적인 욕망과 그 변명의 도구가 되는 거지요. 그리하여 거짓을 참이라 하기에 이르고 비뚤어진 것을 바르다고 주장하며 밀어붙이기에 이릅니다.

전 세기에서부터 아시아 아프리카의 신생 자본주의 국가에 있어서의 민주주의는 국민들에게 서구화와 물질적 혜택을 주는 반면 국가권력의 독재를 견디고, 원조경제의 시혜를 기대하는, 습관성 굴종과 기회주의적 사고를 식목하는 악행을 남기기도 했습니다. 이기적 편당과 변명의 벽이 소외와 불안을 운명으로 받아들이는, 반주체, 비주체의 긍정만을 강요하는 거지요.

인간은 지구 공동체에서 나아가 우주 공동체의 일원이 되어가고 있습니다. 작년(2015) 여름 미국 NASA에서는 지구로부터 1400광년 떨어진, 태양보다 더 오래된, 지구와 흡사한 모양과 조건을 갖춘, 새로운 항성과 그 주위를 도는 행성을 발견했다고 발표했습니다. 물도 있고 육지도 있고 크기가 지구의 1.6배. 중력도 유사한데다 공전주기도 385일로 지구와 비슷한, '지구2.0'이라 할 만한 행성입니다. 언제 새로운 이웃이 성큼 다가올지 모릅니다. 만일 행성 간의 전쟁이 일어난다면 어느 한쪽이나 양쪽이 다 멸망할지도 모릅니다. 우주는 원래가 정복의 대상이 아니라, 상호존중의 개체이자 상호연대의 공동체라는 의식이 필요한 때이기도 합니다. 그것이 정의요, 바르게 사는 길의 입구일 것입니다.

왜곡 없이 스스로 바르게 서고자 하는 노력을 감명 깊게 바라본 장면이 내 기억에 있습니다. 오래전 심한 뇌성마비 청년을 만난 기억은 논리로 재단하거나 독선으로 위장할 수도 없는, 정의를 향한 진정성과 그 아름다움을 깊이 각인시켜주었습니다.

바르다는 것이 어떤 것인가?
뇌성마비 청년이 바르게 걷기 위하여 눈 감다가 부릅뜨고 머리를 곧추 세우다 꺾으며 손톱으로 허공을 할퀴는 것

을 보면서

바르다는 것의 상처를 본다

바르다는 것은 어떤 것인가?

손가락 끝마디까지 바치는 노래 목 비틀고 부러뜨리며 간신히 내놓는 바르고 고운 한 소절. 뇌성마비 청년이 관자놀이 터지게 담았다가 깊은 데서 꺼내는 비뚤어진 소리의 상처

바른 것은 비뚤어지지 않기 위해 비뚤어진 것인가. 열 맞추어 날아가는 물오리 떼의 대오, 마지막마다 늘 새로운 시작, 바르다는 것은 비뚤어지지 않으려고 비뚤어진 상처인가

비뚤어지지 않으려고 흩어지지 않으려고 악을 쓰는 동안 피 흘리는 허공이 비뚤어지랴?

비뚤어진 것은 비뚤어지지 않으려고 비뚤어진 거로구나 짐작한다

- 「바른 것과 뇌성마비」 전문

남을 나와 같이 받아들이는 일이야말로 양심의 시작이 아닌가 합니다. 예지란 추상적 명분을 합리화하는 것이 아니라, 구체적인 삶에서 참됨과 바름을 찾는 데에 있을 것입니다. 그것이 각자의 장애를 극복하여 서로 돌보며 살아가는, 불편하지만 아름다운 과제일 것입니다. 그 실천의 빛나는 순간순간에 건강한 행복이 깃들 것입니다.

거창하게 표현되는 이기론(理氣論)이란 것도 이를 이르는 것일 겁니다. 원리로서의 이와 움직임으로서의 기란 제각각이면서 함께일 때 발휘되는 것일 터. 이와 기의 혼융— 이는 태허와도 같은 논리 이전의 어두운 것일진대, 구체적인 실천의 어려움이란 그 혼돈의 생명 속에서 정의로운 맥을 찾아 일관되게 실천하기 어려운 데 있지 않은가 합니다. 가령 실제에 있어 개인의 실천은 자칫 개인의 희생만 초래하고 불필요한 오해만 일으키고 말게 되는 것도 예상할 수 있는 예일 것입니다.

조그마한 집에서나마 마음을 열고, 서로 믿고 사는 열린 삶의 동네를 꿈꾸어봅니다. 이는 생명의 질서를 따르는 용기와 희생이 거듭될 때 이루어질 수 있는 꿈같은 것이라 하겠습니다. 안분지족(安分知足)이니 자족자부(自足者富)니 하는 것도, 이웃이 함께할 때 가능한 일이라 하겠습니다.

꿩대가리의
은신(隱身)

　　세상 좋아졌다는 말을 자주 듣습니다. 물질적으로
넉넉해지고 정신적으로 남의 눈치 보지 않아도 되는 세상이
되었다는 얘기입니다.

　하지만 넉넉함과 여유가 정말로 몸에 밴 이는 별로 보이지
않습니다. 모두가 어디엔가 얽매이거나 무엇엔가 쫓기는 듯
보입니다. 넉넉할 주체, 자유를 누려야 할 '자기'라는 것이 보
이지 않습니다. 의무적으로 건강하고, 과시용으로 여유롭습
니다. 내가 아닌, 남을 기준으로 사는 가짜 자유, 가짜 여유인
거지요. 배신과 부정에 자동화된 삶, 남이 그러듯이 남 앞에
잘나야 하고, 남을 이겨야 하는 맹목에 진정의 발목을 잡히
고 있지 않은가, 하는 것입니다. 안타까운 것은 대다수가 자
신의 가면을 의식하지 못하거나 알고도 눈감고 모른 척한다
는 데 있습니다.

　어린 시절 선친과의 꿩 사냥 때의 일— 야생 꿩은 총을 맞
고 날개를 다치거나 해서 떨어지면 두 다리로 뛰는데, 어찌
나 빠른지 사람이 따라갈 수 없을 지경입니다. 그래도 계속

쫓으면 다리가 찢어질 지경으로 도망치다가도 나락 낟가리나 풀덤불 같은 데 머리를 처박곤 숨어버립니다. 머리를 처박아서 제 눈앞이 캄캄해진 꿩은 아무것도 제 눈에 보이지 않으니 자기도 남의 눈에 띄지 않는다고 생각하는 모양, 꼼짝달싹 않습니다, 백주에 알록달록 아름다운 등어리를 드러낸 채.

한 번은 머리만 처박고 꼼짝하지 있는 놈의 등을 툭 건드려보았습니다. 마음 한구석에선 제발 다시 날아가버리거나 뛰어 달아나기를 바라기조차 했습니다. 그러나 놈은 자기를 건드리지 말라는 듯 푸르르 몸을 떨며 머리를 더 처박았습니다. 오, 그 안타까운 여유라니. 놈의 완벽한(?) 은신의 지혜! 자기에게는 최선인지 몰라도 어이없는 바보짓. 머리가 트이지 못한 이를 '꿩 대가리'라 부르는 이유를 나는 그렇게 체험으로 알게 되었습니다.

잊히지 않는 꿩 대가리의 추억. 어떤 선입견이나 지침에도 맹목이 되지 말자고 할 때 내 머릿속에 떠오르는 그림, 늘 새롭게 상황의 관계 속에서 사태를 정확히 성찰해야 한다는 가르침이 되었습니다. 언제나 새로운 각성만이 진정한 여유와 진정한 자유에 이르는 인생 여정의 바른 길이라는 각성이었습니다.

그래도 가만가만 되돌아보면 살아오는 동안 나도 꿩 대가리에서 별로 다르지 않았던 듯합니다. 일시적인 이득에 쏠린다든지, 지연, 학연, 혈연에 따라 판단을 흐린다든지,

자만심에 특정의 방안만 고집한다든지, 반성할 일이 많습니다. 공평성이라거나 진실이라거나 하는 근본을 돌보지 못하고 출세나 재물을 우선한 일은 없는지 반성을 이어보기도 합니다.

나뿐 아니라, 우리 세대가 어릴 적부터 받아온 진화론적 적자생존의 교육— 남을 이겨야 하고, 쉬지 않고 전진해가야 하고, 뿐 아니라 온 사회가 '하면 된다', '무소의 뿔처럼 혼자서 가라' 같은 지침들에 맹목이 되었던 날들을 생각하노라면 아, 그 욕망의 풀덤불 속 대가리 감추고 아웅 하기를 능사로 알던 마음들을 씻어내야 한다는, 이미 늦어버렸을지도 모르는 오물의 무게를 마음으로 느끼게 됩니다.

맹목성이란 인간 사유계의 근본적인 블랙홀로서 불가피한 숙명이라고 할 수도 있습니다. 마치 꿩이 제 눈 가리는 것으로 완벽히 숨는 것처럼. 어찌 보면 맹목으로 살아갈 수밖에 없는 것이 실제 인간인 듯도 합니다.

인간의 본성을 자유에 두는 근대 인간사회의 가치만 해도 그렇습니다. 자유를 목숨보다 소중히 여기는 이들도 많았지만, 인간의 역사는 그럴싸한 명분에 의해 억압되어온 역사였다 할 수 있습니다. 실제로 자유가 보장되고 실제적인 자유를 누리는 기회를 역사는 별로 갖지 못했습니다. 아직 자유가 무엇인지, 자유를 누릴 수 있는 시스템이 어떤 것인지, 미처 알지 못하고 있는지도 모릅니다. 자유라거나 정의라거나 하는 것도 근대 권력이 통치하기 위한, 또는 그 통치를 합리화하기 위한 억압의 수단일지도 모릅니다.

인간본성이란 매 순간 안팎의 맹목을 비판하고 새로운 도전에 나서는 순간순간에 발휘되는 것입니다. 물리적인 풍요라거나 정신적인 여유란 것도 그 순간순간에 발휘되는 것이고요.

그러나 인간은 맹목을 주관적 가치나 자유라는 보편적 가치로 혼동하거나, 무지를 풍요로 둔갑시키는 오류 따위를 부단히 성찰할 수 있는 유일한 동물이기도 합니다. 인간도 맹목에 빠지긴 하지만 부단히 탈출을 하는 동물이 아닌가 하는 것입니다. 그렇지 않다면 미래적 대안의 발견도, 실천도 기대하지 못할뿐더러 오늘날만큼 만물의 영장에 역할을 하지도 못하였을 것입니다.

우리 사회는 오랫동안 집단적인 맹목의 자기변명을 되풀이해왔습니다. 민주주의와 민족주의와 흑백논리— 우리나라가 인권이 보장되는 국가라고 믿는 것도 그중 하나라 할 것입니다.

북한에 비교해서 인권이 보장된다고 말하는 건 아닐 테지요? 우방이라는 미국 국무부의 2014년 인권보고에 따르면 우리나라 인권은 위험 수준, 캄보디아, 부룬디, 마다가스카르 등 국민소득이 몇 백 달러밖에 되지 않는 나라보다 못한 수준입니다. 말 많은 국가보안법은 정녕 분단 상황 탓일까요? 공권력에 의해 인터넷 활동이 제한되고 조종되며, 공공 언론의 표현의 자유가 통제되는가 하면, 방송통신위의 부당한 검

열을 막을 안전장치도 별로 없다는 것입니다. 대통령 선거에서는 국가정보원이며 국방부 사이버 팀이 암약, 비열한 대량 댓글이 승부를 갈라놓아도 한 점 부끄럼 없다는 강변들. 눈을 가린 채 딴말을 해대는 꿩들이 법치주의를 내세우며 국가안보를 지키는 선량 대접을 받고 있습니다. 공무원, 교사의 정치활동이 금지되고 공공기관의 개인 사찰이며 군대 내의 인권침해가 일상으로 불거져 나오는 사회, 최우방 미국무부마저 맹목에서 벗어나라고 등어리를 툭툭 건드리고 있는 실정입니다.

개방성을 잃은 지식은 진정성과 자발성을 잃게 됩니다. 제 눈만 가린 채 자신의 완벽한 은신을 믿는 맹목, 가장 위험한 지점이 여기 있습니다. 이는 사회적으로 개인적으로 예상도 하지 못한 큰 사고를 겪게 하고 스스로를 포기하는 불행에 이르게 할 것입니다. 세계 최고의 자살률, 번번이 일어나는 묻지 마 살인 사건이며 무차별 폭행 사건들, 이들이 사리 분별을 포기한 문화의 결과입니다. 맹목의 틀을 벗고 스스로를 살피고 열린 마음으로 열린 세상을 말할 때라야 공동체적 사랑이라거나 개인의 자유라는 것의 싹이 돋아나게 될 것입니다.

15년쯤 전의, 맹목에 대한 반성의 시가 있습니다.

　너무 오랫동안
　넘어지지 않았다.

한 줄기 바람에도 빨갛게 두 볼 적시고
하루에 몇 번씩 돌부리에 무릎을 깨던
맑은 눈물, 오래 되었다.

일어서는 일어서는
습관성 망념.
앉아서도 일어서고 자면서도 일어서는
습관성 기립
경추, 요추 강력 깁스, 넘어지기 잊었구나.

넘어졌다가
굴뚝에서 연기 나듯 가벼이 일어나던
짐 없는 수고
흘러내린 빗장뼈가 분꽃 같은 속살로 웃는
정직한 날은 다시 오는가?

일어서서 또다시 일어서기만 하는
타인의 근육이여!
다시 한 번
넘어지고 싶구나.

- 「그리운 넘어지기」 전문

나는 습관성 일어서기에, 넘어지기 기피증에 길이 들었던 것입니다.

젊은 시절 독서의 즐거움이 되었던 에리히 프롬(Erich Fromm), 그의 『자유로부터의 도피』는 사회가 발전하려면 정치지도자의 역할에 못지않게 국민의 역할이 중요함을 역설하였습니다.

지도자의 타락은 국민의 어리석음이 낳은 결과입니다. 지도자가 제시하는 슬로건의 진실성과 실현가능성을 검증하는 것은 국민의 역량이기 때문입니다. 국민이 물질적이고 이기적인 안락에 사로잡히고 지도자의 선동과 구호에 맹목이 될 때, 그 국민은 자유로부터 도피하여 자동인형과 같은, 요샛말로 아바타 같은 삶을 살게 됩니다. 자유로부터 도피해버린 자는 다른 수많은 자동인형들과 동일시하게 되며 고독하지도 불안할 필요도 없는 비인간의 세상을 이루게 되는 것입니다.

고독도 불안도 없는 비인간, 그가 행복할까요? 프롬은 그런 인간은 자아상실의 혹독한 불행에 빠진다고 갈파합니다. 스스로 자아를 포기함으로써 인간으로서의 사랑과 행복, 생명성을 잃게 됩니다. 입력과 출력을 반복하는 기계, 언제 고장 날지, 폭발할지 모르는 자동인형, 그는 고독을 사랑으로 극복해내는 대신 남의 도움이나 요행을 기다리며, 절망을 희망으로 이끌어내는 대신 몸부림치며 폭발하게 됩니다. 주체적 공동체의 궤도를 벗어나면 재생의 생명력을 잃어버리게 되는 까닭입니다.

인간 사회에서는 어떤 가치도 절대적일 수는 없다고도 합니다. 하지만 이기심을 주관으로 위장하고, 자신의 맹목을 개별성, 차이성이란 이름으로 감추는 작태만은 위험한 맹목이라 규정해도 무방할 것입니다.

무지의 장막 속에서 상업적인 흥정에 성공하기만 하면 자본가는 목적 실현의 희열과 여유를 느낍니다. 그러나 금세 또 배고프기 마련, 다시 흥정할 대상을 찾고 목적을 성취하고자 합니다. 이런 어리석음의 악순환은 모두를 꿩 대가리가 되게 하고 일시적인 안녕에 만족하는 사이비 주체들의 사이비 공동체를 이루게 됩니다. 불공평과 부정이 판을 치게 되고 사람들 간의 마음에 금 긋기를 지성으로 아는 공동체, 개인과 사회의 목적이 정의를 벗어나게 되고 아무도 정의와 아름다움을 받들지 않게 됩니다. 정의란 만인의 열린 양심 위에 피는 꽃이 아니겠습니까?

양심의 정체는 롤스(Rawls)의 정의론에서 시사 받을 수 있습니다. 정의의 조건은, 모든 사람은 가능한 한 광범한 범위의 자유에 대한 동등한 권리가 있다. 사회적 경제적 불평등은 모든 사람에게 이득이 될 때에 용납되고, 모든 직장과 관직은 누구에게나 개방된다.

진정 공평한 마음, 부단한 성찰에 의한 열린 윤리가 전제된, 양심의 실천이 정의라 할 것입니다.

이런 사회는 어떨까요? 자기가 하고 싶은 일을 하고, 하고 싶은 일이 없으면 사방 돌아다니면서 남의 집 대소사 간섭하며 인정을 나누는 사회, 경쟁에 몰입하는 대신 함께 일하며 함께 지혜를 나누는 사회.

　　길지 않다 죽살이길
　　잠이 오면 잠자고 가자

　　잠들지 않으면
　　동서남북 쏘다니며 하얗게 밤새우자

　　재미없으면
　　삼이웃 성가시게 떠들다 가자

　　일거리 없을 땐
　　얻어먹다 가자

- 「배짱」 전문

　자유란 사랑이라는 꽃을 먹고 자라는 나비 같은 것일 겁니다. 사랑으로 자라지 않은 자유는 독선에 이르고 맙니다. 사랑으로 자라는 자유는 정의의 풀밭에 넉넉한 여유를 차려낼 것입니다.
　우리 국민은 오랜 식민의 경험을 갖고 있습니다. 지금도 기성의 힘을 따르는 것이 정의라는 마조히즘에 젖어 있지나 않는지 살펴볼 필요가 있지 않나 합니다. 촌에 살건 도회에 살건 자신의 맹목을 맹목으로 알아내고 인정하지 않는다면 그의 행복이란 그야말로 꿩 대가리의 은신과 같이 위태로운 시간에 불과한 것이지 않을까 합니다.

3장

촌놈 되기,
사람 되기

강을 살려라

포플러 그늘 아래 노인이 사는 강변 오막살이집, 참 편안해 보이더라는 동료의 드라이브 소감에 끌려, 가서 살기 시작한 강변. 30년이 지난 지금 생각에도 섣부른 객기이긴 했습니다. '시골'과 '강'이라는 이미지에 그저 끌려간 것이니까요.

아시다시피 인류 역사에서 강은 삶의 흐름 즉, 역사와 순리, 영육의 정화와 재생 등의 상징이 되었습니다. 냇물이 모여 이루어진 큰물이 강이니, 강을 이룬다고 하면 '서로 힘이 되어 함께하다'는 의미도 가졌고, 그 줄기가 사방으로 통하므로 외부세계와 통한다 해서 열린 시공으로, 긴 물줄기로 해서 끊임없는 상념이나 사유에 비유되기도 했습니다. 강은 결국 섭리 따라 흐르는 삶이요, 생명의 탄생이요, 어울림이었던 셈입니다.

그때 냉큼 강으로의 이주를 결심한 이유도 강이 주는 유유자적함, 쉼 없는 생명력 같은 이미지의 유혹을 뿌리치지 못한 데 있을 것입니다. 사람 속이는 전략을 명석함으로 알고, 일신의 명리 챙기기를 양심 챙기기보다 소중한 긍지로 여기는 세태, 국가와 국민이 맞서며 폭력과 선동이 미화되는 부조리. 나는 다시 한 번 두리번거리며 살 만한 데를 찾아 깃든 것입니다.

이주 당시 강을 제재로 쓴 시는 시쳇말로 로망에 젖어 있었습니다. 강은 혼탁한 삶에서 순수를 걸러내는 정수기 같은 것이었다 할까요?

한 번도 사랑한다 말하지 않은 이의 사랑하는 마음은 얼마나 아름다운가?
한 마디 말없이 사랑하다가 한 마디 말없이 송두리째 헤어지는
사랑은 얼마나 아름다운가?
비명 없이
찢어지기
강은 그렇습니다.

- 「강·헤어지는 사랑」 전문

사랑도 이별도 설명을 한다면, 또는 분석을 한다면, 그건 이미 사랑도 이별도 아닌 것인지 모릅니다. 대학 시절 심취했던 노장(老莊)도 엿보이기도 하는 시. 도덕경(道德經) 상편 25장을 보면 사람은 땅을 따르고, 땅은 하늘을 따르며 하늘은 도를 따릅니다. 그리고 도는 자연을 따르지요. 온갖 단 말과

논리로 치장하면서 원한(怨恨)을 주고받는 현실에 대해 조금은 명료한 삶, 담백한 모습, 순수의 풍요로움이 그리웠고 그것이 사랑과 이별을 소재로 표현되었다고 하겠습니다.

그러나 1980년대 말의 서낙동강은 맑고 평화로운 명경지수(明鏡止水)도 끊임없는 재생의 정화수도 아니었습니다.

처음에 녹색 물빛을 보고 나는 서낙동강 물색이 원래 그런가, 했습니다. 물고기가 수면 위로 솟구칠 때는 장관이거니, 여겼습니다. 아니, 그렇게 여기고 싶었습니다. 그러나 강물에 떠내려 온 물고기의 사체들을 확인하고, 솟구치는 물고기의 숨소리에서 가슴을 에는 비명소리 같은 걸 듣게 되면서 강의 위기를 절감하지 않을 수 없었습니다.

집 앞 강으로 유입되는 지류를 따라가 보았습니다. 시커먼 폐수가 땀을 뻘뻘 흘리며 흘러들고 있었습니다. 김해시 지내동 안동공단에서 흘러드는 공장폐수였지요. 가락면을 가로지르는 서낙동강이 초죽음 상태에 있다는 사실을 알게 되었습니다. 부끄럽고 안타까운 마음을 누르기 어려웠습니다. 행정당국은 물론 주민들 모두가 알면서도 모른 척 살고 있다니!

서낙동강의 하류 성산면에는 오래전부터 수문이 설치되어, 물을 통제하는 보 역할을 하고 있었습니다. 강물에 막대기를 넣으면 금세 페인트를 칠한 듯 파랗게 물들어버리는 꼴을 보면, 강을 막는 일이 얼마나 위험한 일인지, 일찌감치 알 만했습니다. 계속되는 폐유 유입과 폐기물 투기 사태를 곁에서 보고 있노라면 나도 강을 죽이는 공범에 불과하다는 자책감에 떨 수밖에 없었습니다.

물고기가 죽어 있다
죽음이 낯설어서
쓰레기 밭 분뇨덩이에 낯을 가리고 있다
팔뚝만 한 주검의 머리카락이 보인다
겹겹이
젖은 비닐에 코를 막은 채
싸늘하게 쏘아보는 플라스틱 눈빛이여
학의 다리 길어도 벗어나지 못하리
어젯밤 꾸억꾸억 딸꾹질 소리
시나브로 명치끝을 찔러대더니
— 희망소비자가격 180원
어느 놈이 그에게 라면 상표를 붙이고 갔나?

—「강·희망소비자가격」 전문

창밖으로 실, 바늘만 늘어뜨리면 낚시가 가능한 집에 살면서도 나는 한 번도 낚시를 하지 않았습니다. 오염은 물속에 사는 물고기의 목숨만 해치는 게 아니었습니다. 강변 마을 인심에도 상처가 많았습니다. 교만한 도회 흉내가 자랑이었고 고소 고발이 지성이었습니다.

공장은 지어야 하고 경우에 따라서는 보도 수문도 설치하고 관리해야 한다는 데엔 동의합니다. 하지만 불필요한 사치

품, 퇴폐물품을 쏟아내서 문화를 타락시키고, 계층 간 위화감만 조장하는 곳이 공장이라면 공장은 줄이거나 없애야 할 것이 아닌가 합니다. 보나 수문이 강 관리를 위해 필요할 수도 있겠지만 그것이 소수의 권력유지를 위한 속임수가 된다든지, 은밀한 돈벌이 수단에 불과한 것이라면, 당장 철거하거나 제한해야 한다고 생각합니다. 사회적 명분과 집단적 사고란 양날의 칼처럼 위험한 것이어서 겉모양은 그럴싸하긴 하나 주변의 삶을 해치기도 하는 것입니다.

지금도 '하면 된다.' 따위의 슬로건을 그리워하는 사람이 있습니다. 하지만 하면 된다는 불도저식 문화는 얻는 것 이상의 부작용도 낳게 됩니다. 온갖 명분을 내세워 분에 넘는 욕망을 합리화하는 각종 비리와 부조리, 패권주의, 편의주의가 법과 행정, 정치, 경제와 스포츠, 예술 문화의 숨통을 쥐고 있습니다. 공단폐수가 낙동강을 덮치듯 국가주의적 명분이 무차별 흘러들어 삶을 파괴하고 재생의 능력을 지리멸렬케 하는 꼴들을 우리는 언제까지 보고만 있어야 할까요. 세계 최고의 음주량, 사고율, 자살률, 이혼율, 노인 빈곤율. 최저의 출산율과 행복지수. 선린의 윤리는 무너지고, 서로 적이 되는, 지금 우리사회는 살벌한 동물사회가 되어가고 있다는 생각은 지나친 기우일까요?

1990년대엔 공단의 정화시설 단속이 강화되면서 강은 제 모습을 찾아가는 듯했습니다. 하지만 얼마 못 가 경부운하를 뚫어 답답한 가슴을 뻥 뚫어준다느니, 4대강 살리기니 죽이기니, 말 겨루기를 벌이더니, 낙동강은 다시 뒤집히고 갇히고 말았습니다. 강을 꾸며 놀이터를 만들지 않아도 놀 데 많은 나라, 구경할 만한 경관 많기도 많은 나라이거늘, 왜 그리 시멘트로 물을 막아 녹조 곤죽에다 고약한 하수구 냄새를 풍기는지, 큰빗이끼벌레란 괴생물체의 온상이 되게 하였는지! 그 10년 전부터 기존의 녹산 수문을 터야 한다는 주장이 있었거니와 반성은커녕 온 국토를 보로 가두는 역사를 강행하다니.

2015년 6월 현재 낙동강에만 녹슨 폐준설선이 수십 척, 쓰다 버린 쇠사슬, 건설자재 등 폐기물이 물속에 방치되어 있으나 이를 치울 예산이 없다는 신문 보도. 전국 4대강에는 물고기가 대량 폐사하여 어민들이 어선 데모를 벌이고, 수십 년만의 심한 가뭄에 농사를 망쳐도 살려놓은 4대강이 해갈에 도움이 되진 못한다고 합니다. 독성을 가진 남조류가 기준치의 160배에 달하는 지경이랍니다. 국민들에게 일시적인 개발의 쾌감을 주면서, 기실은 소수의 이권을 극대화한 정치적 타산, 속임수였던 것입니다. 엄마랑 누나랑 강변에 살자고 해도 금모래며 갈잎의 노래며 다 사라져버리고, 물고기 산란처는 심각하게 훼손되고 수생식물이 뿌리박을 터전도 사라지는 우리네 강.

물고기회 먹자고 낚시를 한다.
주먹만 한 붕어 몇 건져 올린다.
비늘 떨고 아가미 떨고

내장을 헹구며 디스토마를 잡는다.
둔각의 등뼈 마디마디 헤집어
수은, 납을 도려낸다.
살점에 박힌 부영양 오물, 방카A유 찌꺼기
카드뮴을 걷어낸다.
마침내
초고추장 병을 열고
물고기를 먹는다.
기억에 절은 손가락만 빨았다.

- 「강·물고기 회」 전문

강을 죽이지 말고, 그 돈으로 오갈 데 없는 사람들, 세상을
비관하는 현실의 실패자들과도 더불어 사는 삶을 건져내었
으면, 혼탁한 삶에 한줄기 명경지수로 정화하는 일에 쓰였다
면 우리 사회는 한결 맑아지지 않았을까요? 강은 이제 머릿
속의 그림에 불과한 것일까요?

우리나라와 같은 신생 자본주의 국가의 근대사에서 '현대
화'란 도시화와 산업화, 그리고 물질적 세속화를 위한 노력이
었습니다. 우리는 이 물질적 세속주의에서 어떻게 탈출할 것
인가, 이제 자연을 다시 신성화해야 하는 과제를 안게 되었다
하겠습니다.

흐름을 잃은 세상은 이기와 독선으로 정체(停滯)되고 재생
의 꿈을 잃은 삶은 절망과 반목의 악순환을 되풀이합니다.

부의 편중은 사회적 불안을 야기하고, 그 상처는 갖가지 모방 범죄마저 양산합니다. 가진 자는 가져도 불안해서 자꾸 더 가지려고 하고, 못 가진 자는 아무래도 가질 수 없을 것이니 일을 하지 않으려 합니다. '하면 된다.'는 성장 제일주의는 이제 '함부로 해서는 안 된다.'는 내적 각성, 참삶의 강으로 거듭나야 할 때입니다. 강의 흐름을 막는 이기적 권위주의와 축재욕구, 유희적 과소비에서 벗어나, 함께 강물처럼 흐르는 세상으로 나아가야 합니다. 순리와 선린의 세상, 적어도 그 세상에 대한 그리움의 끈을 놓지는 않아야 할 것입니다.

모든 존재에겐 한계가 있습니다. 작은 풀꽃에도 그 생존시기와 색깔과 향기와 성품이 있습니다. 소나무도 그렇고 제비꽃도 그렇고 풍뎅이에게도 고래에게도 사람에게도 한계는 개성이요 생명이기도 합니다. 한계는 한계가 아니라 그 존재의 의미이며 가치입니다.

인간도 한계적 존재임은 자명한 사실입니다. 하지만 인간은 그 한계를 받아들임으로써 몽상하고 상상하는 탁월한 능력을 발휘할 수도 있습니다. 몽상과 상상이 남에게 상해를 입히고 환경을 훼손하는 악몽이 아니라 서로 끌고 서로 밀며 함께 강을 이루어 나아가는 갱신의 삶을 향하여야 할 것입니다. 그건 상대적인 조그마한 성취를 위해 적대감을 기를 것이 아니라 주어진 목숨과 삶을 소중히 받드는 일입니다.

하여, 인간은 새보다 빨리 날고 물고기보다 유연하게 물속을 날 수 있으리라는 꿈을 잊지 말아야 합니다. 모두가 원하는 미지의 세계를 찾고 그 속에 들 수도 있을 것입니다. 인간의 한계, 각자의 한계를 받아들인다면 말입니다.

산길 끝에는
사람마을이 있네

　내가 살던 강변에 아스팔트 길이 닦이고, 들판을 종
횡으로 가로지르는 도로 공사가 시작될 즈음 나는 거처를 산
골로 옮기었습니다. 직장에서 더 먼 산 쪽으로 간 이유가 개
발의 번잡을 피해서만은 아니었습니다. IMF에 친지에게 보증
을 섰던 일이 잘못되어서 집을 내놓아야 편히 살 입장이 된
탓도 있었지요. 아이들은 대학생이 되어 나가 살 때였습니다.
　몸과 마음은 사정 따라 풍속 따라 오가는 것. 마음 편히
먹고 가까운 김해시 대동 백두산 아래로 이사 준비를 했습니
다. 하지만 엎친 데 겹친 격으로, 전(前) 주인 모자(母子)의 사
기에 말려들어 혼쭐이 나고, 결국은 한참 더 떨어진 삼랑진
고깔봉 중턱으로까지 가게 되었습니다. 가파르고 막다른 산
길, 승용차로는 오르기 힘든 산에 터를 닦고 컨테이너 집을
지었습니다.
　산행은 이미 내 취미가 되어 있던 터였습니다. 명색이 문학
교수를 하고 있었지만 내 삶엔 이미 문학이 버리지 못할 만
큼 소중한 것으로 자리 잡진 못한 상태였습니다. 마음의 허

기는 나를 자꾸 산으로 이끌었습니다. 산길이나 산마을에서 만나는 책보다 소중한 삶들, 시 밖의 소리들, 글 이전의 생명들이 나를 지탱해주었습니다.

돌이켜보면 어릴 때부터 산은 내 소중한 위안의 품이었습니다. 주정꾼 지식인 가장을 대신해서 7대 종손으로서 감당해야 했던 무게. 나는 그때도 틈틈이 혼자서 뒷산을 찾았습니다. 메뚜기를 쫓거나 노래를 부르며 한나절씩 보내곤 했습니다. 동네 뒷산이 우리 집 소유이기도 해서, 나는 가정적인 불만을 조부, 증조부의 품에 토로하고 위로 받기도 했습니다.

산은 원래 모든 인간의 숭배 대상이었습니다. 산신제니 기우제, 산할미뿐 아니라 진산(鎭山)이니 북망산(北邙山)이니 하는 말이 생긴 것도 그래서 일 것입니다. 산은 신(神)과 인간이 교통하는 공간이요, 순수한 본래적 생명력을 갖춘 성소(聖所)였던 것입니다.

대학 졸업 전에 쓴 70년대의 시에서 그런 경험들과 인식을 다시 봅니다. 「건방진 거지 이야기」란 시의 전문입니다.

그 늙은이를 만나기 전에 우리는 가슴을 앓아야 한다.
건방진 거지는 우리들이 꿀꿀이죽을 사랑하던 시절부터
범냇골 산번지 그 중 꼭대기 이름 없는 바위굴에서 살았다
서양군인들의 쇠고기조림 국물이 화약내에 잘 얼려서 더운 김을 뿜는 꿀꿀이 드럼통 앞에 우리들이 꿀꿀거리며 줄을 서면

건방진 늙은이는 그의 굴을 빠져나와 헛기침을 하며 지나갔고 우리는 늙은이가 우리들 틈에 끼어들지 못하도록 박수를 쳤다

우리들은 자라서 공장에도 나가고 미장이도 하면서 돈을 벌었다

우리들이 하루 번 돈을 헤아리며 범냇골 산번지 황톳길 따라 털그럭 털그럭 빈 도시락 소리에 발을 맞춰 돌아오면 늙은 거지는 가슴 붙들고 기침하면서 별을 헤아리고 있었다.

우리들은 쭈그러진 양철소리를 감추고 그의 하늘을 옆눈으로 훔쳐보았다

어디에 계십니까?

마음 아픈 일 더러 참아 본 사람은 늙은 거지의 별 헤는 소리에서 이런 말도 알아들었다.

어디에 계십니까?

그 소리를 알아듣는 우리들은 방문을 잠그고 우리들의 가족이 떨고 선 이 겨울을 욕하며 한 짝씩 산꼭대기로 눈을 돌리고 늙은이의 나들이를 지켜보았다

늙은 거지를 만나기 전에 우리는 가슴을 잃어야 한다.

노인은 우리 마을을 떠났다.

우리는 그가 살던 바위굴을 바라보며 그가 간 곳을 생각했다.

이름 없는 벌거숭이 산 이름 없는 바위굴에서 그는 지치

고 할 일 없지만

　더 높은 곳으로 갔을 거라고 아래로 내려가진 않았다고
우리들은 서로 믿었다

　어둠이 걷히지 않는 밤이나 가뭄이 계속되는 날 밤이면

　우리는 횃불을 들고 산꼭대기에 올라가 더 높은 산을
향해 그를 불렀다.

　어디에 계십니까?

　우리는 건방진 거지 노인을 불렀다.

　어디에 계십니까?

　어디선가 쉰 목소리가 들렸다.

　어디에 계십니까?

　어디에 계십니까?

　노인도 우리와 함께 외치고 있었다.

　당대의 모순과 부조리에 타협하지 않고 살아가는 삶, 산신
같은 존재를 향한 갈망이 배어 있었다고 하겠습니다. 어린 시
절 맞닥뜨린 거대한 흑인병사의 모습과 그에 바치는 어린 양
공주의 교태, 학업 성적(成績)으로는 괜찮은 중학교를 졸업하
고도 고등학교 진학마저 포기하고 판자동네 주민이 되어 도
시락가방을 들고 다니던 친구들, 위의 시 속에는 이런 추억들
이 주는 상처와 사소한 명리를 주워 먹으며 살지는 않겠다는
젊은 날의 기원이 담겨 있었다 하겠습니다. 나는 공부도 하지
않으면서 고등학교에 들어가 빈둥거렸고, 대학생이 되어서도

사정은 별 다르지 않았던 듯합니다. 그런 이미지들이 재생된 시가 「건방진 거지 이야기」, 「건방진 가수 이야기」 따위인 걸로 기억됩니다.

장년의 나이, 무릎을 다쳐 산행을 중지하고 쉬어야 한다는 의사의 진단에도 불구하고 나는 산속을 헤매었습니다. 흠뻑 땀에 절어 헤매다 보면 아픈 무릎이 몰라보게 부드러워지고 무거운 세상도 가볍게 떠올랐지요. 돈 들여 멀리까지 나가지 않아도 황혼의 그랜드 캐니언이며 나이아가라의 속살이 '콸콸콸콸' 어깨에 닿는 흥분도 경험했습니다. 이미 마음에 있던 풍경들, 조용히 그들의 적막마저 들여다볼 수 있는 시간이기도 했습니다.

배고프고 고단할 때 떠오르는 이 중에는 방랑시인 김삿갓(金炳淵)이 있습니다. 일찍이 당대적 모순을 절감하고 57세에 객사할 때까지 전국을 유랑하며 기지와 풍자에 넘치는 시를 남긴 자유인.

양반 수령의 부패와 학정에 자연재해마저 극심했던 순조대(純祖代). 흉흉한 인심에 오랫동안 얻어먹지도 못하고 산속을 헤매던 김삿갓이 산중에서 한 부부를 만났답니다. 땟국 흐르는 입성, 초췌한 몰골이었지만 사람의 형상이었기에 산중부부는 기꺼이 그의 허기를 달래주려 했습니다. 하지만 가진 것 없는 부부가 줄 수 있는 건 멀건 죽 한 그릇. 이를 받고 김삿갓이 남긴 시를 음미하자면 산중 부부의 인간미와 시인의 지성이 오래 남습니다.

네 다리 소반 위에 멀건 죽 한 그릇
하늘에 비치는 구름그림자 함께 떠도네
주인님, 무안해 하시지 말아요.
물속에 비친 청산을 나는 사랑한다오.

四角松盤粥一器 天光雲影共徘徊
主人莫道無顔色 吾愛靑山倒水來

산 그림자가 비칠 정도로 멀건 죽밖에 주지 못해 미안한
주인, 그의 무안함을 덜어주며 산촌 부부의 인정에 일체되었
던 시인의 삶에 무색무취의 향기가 우러나지 않습니까? 숲속
의 나무들이 나무들끼리, 풀들이 풀들끼리, 동물이 동물끼리
어울려 춤추기도 하고 얽히기도 하며 바람이며 볕이며 달빛
을 나누는 모습에 비할 만하지 않을까요?
산길에서 사람들을 만날 때도 있습니다. 미친 듯 혼자 웃
고 다니는 사람, 발가벗고 소나무 등걸에 몸을 부딪는 사람,
시끄럽게 박수치며 고래고래 고함지르는 사람, 저마다 사정
은 있겠지만 가관(可觀)이지요. 산은 속 좋게 이들을 다 품습
니다. 산길을 걷는 노인들의 모습, 조용하게 산에 잠기는 모
습에서는 구름에 달 가듯 고향집에 들어서는 아이들의 얼굴
을 떠올리기도 합니다. 어쩌다 부지런히 산길 오르는 젊은 친
구들을 만날 때면 시원한 계곡물에 더운 손을 담그는 듯 속
까지 믿음직스런 마음이 들기도 합니다. 모르는 사람끼리 함

께 산에 안기는 시간, 세속의 욕망을 떨고 빈손이 되기에 자유로움과 화해를 동시에 경험할 수 있는 시공이 열리곤 했습니다.

경남, 전남 지역 대부분의 능선을 밟았습니다. 전문 산악인의 눈에야 산행이랄 수도 없는 산보 수준에 지나지 않겠지만, 나름 무념무상의 가장 말랑말랑한 심중에 닿기도 하고, 정리된 속엣말을 듣기도 했습니다.

나는 최대한 약게 출퇴근하며 산속을 헤매었습니다. 지금 생각해도 이 지점에는 감출 수 없이 미안한 대목이 있습니다. 산에 정신을 빼앗긴 수년간의 행실— 문단 출입을 피한 지는 이미 오랜 세월, 직장에서는 연구 부실에 무성의한 강의, 와중에 맡겨지는 보직도 사양했습니다. 추상적인 안식처랄 수 있는 산에 일신을 맡기는 데 급급했던 때였으니까요.

결국 산속을 배회할 수만은 없었습니다. 사는 바에야 빈손이 아니라 일손으로 살아야 하고 빈손으로 갈 때까지는 사람 사이에 살아야 한다는 생각이 새로 다가왔습니다.

산에서 내려갈 시간이 되면 다듬어진 길을 버리고 온몸으로 길을 찾아 총총히 산새나 산짐승이 걸어간 길을 좇을 때가 많았습니다. 누군가 설치한 덫에 놀라기도 하고 올무에 발목이 묶이기도 했습니다. 캄캄한 가시밭, 온몸을 긁는 바위 암벽에서 최대한 몸을 낮추기도 했고 눈에 빤한 불을 켜기도 했습니다. 산에 오르는 것은 산에서 내려가기 위해서라는 산사람들의 유머가 있듯 미우나 고우나 사람이 갈 곳, 사람에게 가장 그리운 데는 사람 사는 아랫마을입니다. 사람—
산길 끝에서 만나는 사람은 가장 아름다운 생명입니다. 신이
되기도 하고 동물이 되기도 식물이 되기도 하고, 때로는 금이
나 돌 같은 광물이 될 수도 있는 무한한 가능성의 생명, 우리
가 가장 신뢰하고 사랑하는 이웃입니다. 나는 목적 없이 산
을 오르는 동안 사람은 가장 아름다운 생명으로 존속할 거란
생각을 하기도 했습니다.

잡히는 일이 없는 날은 산에 오를 일이다. 오를 때에는
내려오는 이를 존경하고 내릴 때에는 오르는 이에게 고개
숙일 일이다.

봉우리에 오를 때는 더 큰 봉우리에 인사를 하고, 낮은
데를 향하여 내가 아주 작은 나를 만져볼 일이다.

때로는 혼자되어 잡목숲을 기면서 엉킨 가지마다 인사
를 하고 가시넝쿨 하나 하나 풀어내면서 길을 찾기도 할
일이다.

때로는 눈비 맞으며 초목처럼 떨기도 하고 때로는 어둠
속에서 빛 잃은 별 하나 되어 꺼져가는 체온을 사루어도
볼 일이다.

떨어지는 나뭇잎, 떠도는 바람을 보라. 언제 우리가 헤
어지지 않은 날 있었던가. 꽃 한 송이 검은 흙 한 줌 다시
만져 보라. 언제 우리가 만나지 않은 날 있었던가.

지나온 길 멀지만 갈 길 더 멀다. 나눈 사랑 가슴 아파

도 붓고 가야 할 길마다 사랑, 낟가리로 쌓여 있다.

일이 없는 날에는 산을 오를 일이다. 산 오르기 싫을 때
에는 훌쩍 떠나 산에 오를 일이다.

- 「산에서 아들에게」 전문

정상(頂上)이란 반드시 높은 데 있는 것이 아니라 산기슭이
나 그 이웃, 어쩌면 더 아래에 있을지 모릅니다. 설사 가진 것
이 많고 높은 지위에 있다 할지라도 그도 운이 좋을 뿐인 한
작은 생명에 불과할 뿐. 일견 하찮아 보이는 이웃과 똑같이
존귀한 자연의 자식들입니다.

내가 장거리 산행을 중단한 데는 몇 년을 쉬어야 할 만큼
무릎이 상한 데다 때맞춰 일정한 연구실적을 요구하는 교수
평가제가 실시되고, 시에 대한 애정도 조금씩 다시 솟아오른
까닭이었습니다.

이젠 정상 오르기는 아예 포기하고 임도나 따르다가 돌아
옵니다, 사람 사는 마을로. 버릇처럼 향하던 정상을 마음에서
지우고 나니 몸이고 마음이고 얼마나 가벼워지던지요. 이제
산길의 끝에 섰나 봅니다.

한 부부 홑벌이제를
제안합니다

주목받고 있는, 함께 살기 방안의 하나가 기본소득(Basic Income) 보장제입니다. 아직은 좀 생소한 개념이지만, 서구에서는 상당한 기간 논의되고 실천되기도 하고 있다는 복지제도. 기본소득이란 자격심사나 구비요건 등은 물론 노동에 대한 요구도 없이 사회구성원 모두에게 개별적으로 무조건으로 지급되는 소득. 미성년자를 포함하여 모든 개인에게 일정한 소득이 보장되는 제도가 기본소득 보장제입니다.

우리나라의 복지정책은 아직 '일자리 나누기' 수준에 있습니다. 널린 게 일자리 같은데도 '일자리 창출'이 사회적 이슈가 되는 것입니다. 선거 때마다 속 빈 강정 같은 일자리 개발 정책을 늘어놓는가 하면, 정년을 늘이는 임금 피크제도를 일자리 늘리는 제도라고 내세우는 넌센스마저 벌어집니다.

일자리, 촌에는 아직도 많습니다. 산업 현장에도 일손이 달립니다. 나는 문학 공부하는 대학생들에게도 도시권 취업에 연연해하지 말고 농어촌에서 일을 찾아볼 것도 권하곤 했습니다. 대개 자유업이라, 건강하게 취미생활 하면서 살기에 좋고, 전통적인 1차 산업뿐 아니라, 철물점, 이·미용실 같은 가게를 볼 수도 있고, 치유 산업, 생명 산업 등 미래적 전망도 있지 않겠느냐고 권하는 겁니다.

일자리야 없지 않건만 모두들 손 안 대고 코 푸는 일, 힘들이지 않고 돈 잘 버는 '좋은 일자리'에 혈안이 돼 있다는 게 문제. 소위 양질의 일자리는 조금 더 배우거나 인맥 좋은 맞벌이 부부가 차지하는 데다 낙하산을 타고 내려오기도 하니 입구가 바늘구멍이 될 밖에요. 대다수 젊은이들은 전문 자격증, 외국어와 봉사활동 등 스펙을 쌓는 데 청춘을 바치고 결혼 연령은 늦춰지기만 하고, 출산율은 세계 최저. 같은 일을 하고도 대가는 절반밖에 못 받는 계약직의 수가 정규직의 갑절이 되는 불합리도 나 몰라라 지나치며 사는 낯 두꺼운 세상이 되었습니다.

나는 우리 사회에 만연한 맞벌이 풍조부터 억제해야 한다고 생각합니다. 맞벌이 풍조의 바닥에는 수단적 가치— 재물, 건강, 권력 등이 삶의 목표가 되는 자본주의 사회의 맹목이 있습니다. 아이는 낳지 않거나, 낳더라도 노부모에게 맡겨 인권을 착취하는 짓을 하는 한이 있더라도, 일자리를 독점, 더 큰 집에서 더 비싼 자동차 타며, 자식들에겐 고급 과외, 해외 유학 시키고 살아야 한다는 자본주의적 집착이 배어 있는 것입니다.

할 수만 있다면 나는 당장이라도 '좋은 일자리 홑벌이 법' 같은 거라도 만들고 싶습니다. 기업은 살찌고 일자리는 줄

어드는 판에 좋은 일자리를 독점하는 맞벌이— 그것이 아이들을 늙은 부모에게 안기거나, 어린이를 컴퓨터나 스마트폰, PC방의 세계로 내몰고 있다는 생각입니다. 물신(物神)이 실상을 가리고 가상을 실제화하는 교육을 시키는 것입니다. 현실을 가상처럼 착각하게 하고 폭행, 강도 같은 비인간적 범죄에 자녀들을 노출시킵니다. 그러지 못하는 대칭적 위치의 아이들에겐 심각한 열패감과 소외감을 안기기도 합니다. 결국 가족 공동체가 붕괴되고 사회적 연대가 파괴됩니다.

현실은 일자리 없고, 가족 없고, 쉴 곳 없는 사람들도 함께 살고 있고 함께 살아가야 하는 곳입니다. 축구에 열광하고 야구에 광란하면서 IT산업, 자동차산업으로 세계 10위권에 이른 무역대국, 이를 자랑삼는 동안 미국의 갤럽은 최근 우리나라의 웰빙 지수 즉, 삶 만족도를 최하위권으로 조사 발표했습니다. 삶 만족도가 전란 중인 이라크나 남수단보다 못한 것이 우리의 알몸입니다. 무직과 빈곤의 악순환, 이 문제는 대개의 경우 개인의 태만과 무능에 그 이유가 있지 않고 사회적 시스템의 착취 구조에 있습니다. 타락한 수탈 구조를 개선해나가지 않는다면 무직과 빈곤과 계층 단절의 악순환은 멈추지 않을 것입니다.

이 땅에 태어난 것만으로 생명을 유지할 최소한의 기본소득이 보장되어야 합니다. 기본소득 보장제에는 반대하고 일자리는 독차지를 해야 하는 심보라면 어디에서 평등한 자유, 자유의 평등을 말할 수 있을 것이며, 국가안보며 사회평화와 정의를 말할 수 있겠습니까?

졸시 「집 없는 이」의 전문입니다.

  저 사람에게는
  집이 없구나.
  하늘에 사는 작은 새에게도
  집이 있고
  깊은 바다 눈 먼 물고기에게도
  집이 있는데
  겨울 도시 빌딩 사이 골바람 맞고
  호주머니에 손 찌르고 선 저 사람.

2015년 봄에는 미래학자 토마스 프레이(Thomas frey)의 국내 TV교양 강의가 관심을 끌었습니다. 그는 20년 이내, 그러니까 2030년경이면 지구상에서 20억 개의 일자리가 사라진다고 예측했습니다. 업무와 설비의 자동화로 해서 일자리도 없거니와 일하기 싫어하는 소비꾼들이 넘쳐날 거라는 겁니다. 무인자동경비행기, 드론이 농사짓고 어군(魚群) 탐지도 하며 대양을 상대로 한 고기 양식도 하게 된다고 합니다.

인공지능이 사람의 직업을 축소하고 인력을 훨씬 줄이는 날이 오는 것입니다. 3D 프린팅 기술로 단 하루만에 집을 지어내는가 하면 환자의 장기(臟器)도 인공 장기를 로봇이 갈아 끼우게 될 것입니다. 좋은 일자리를 손에 넣고 주무르는 이들은 그때도 잘 가꾼 피부와 몸매를 자랑하면서 유유자적, 상대적인 우월감을 누리고 살 수 있을까요?

가진 자들의 여유는 일자리를 바라보기만 하고 애를 태우는 다수의 분노에 의해 불안과 전복의 원인이 될 수 있습니다. 사회는 각종 범죄에 노출되고 암투와 저항과 살상이 그치지 않을 수 있습니다. 욕망은 인공지능을 단순한 기능의 차원이 아니라, 자의식을 갖는 이기적인 욕망, 내 편의 로봇 만들기 경쟁에 몰두하게 되고 그럴수록 행복이라거나 정의이라거나 하는 데에서는 멀어지기만 할 것입니다.

큰 불행이 닥치기 전에 일 나누기를 해야 합니다. 한 부부 좋은 일자리 하나 갖기에 대한 공감대 형성 실천이 필요하다는 생각입니다.

좋은 일자리일수록 맞벌이를 금하고 홑벌이를 해야 한다고 해서 남자가 벌이를 하고 여자가 집 살림하기를 권하는 말은 결코 아닙니다. 많은 노동력이 필요치 않는 사회이고 보면, 남자보다 능력을 발휘할 수 있는 여성이 얼마든지 있고 남성보다 여성에게 더 유리한 일도 많을 터입니다. 그런 경우라면 마땅히 남자가 집안일을 볼 일입니다. 직장에서 일을 하는 시간도 가능한 한 줄이고, 가능하면 재택근무를 하게 해서 가정생활, 사회생활에 함께 참여할 기회도 더 확보할 수도 있을 것입니다. 일은 행복에 이르는 과정이지만 행복은 독점으로 이루어지진 않습니다. 일의 독점은 끝없는 허욕을 불러 일으키는 까닭입니다.

일자리를 어지럽히는 데는 각 방면에서 좋은 일자리의 대물림— 근로조건이 좋은 일자리를 세습하거나 2세 특별우대제로 채용하기도 하는, 현대판 음서제(蔭敍制)도 한몫하고 있습니다. 음서제와 맞벌이는 개인으로 치자면 비만병, 내장지방을 쌓는 일이라 하겠습니다. 일부 구성원에게 우선은 달콤할지 모르지만 그건 사회의 건강을 해치고 남의 생명권마저 짓밟는 행위입니다. 인간의 능력이라는 건 오십보백보, 별 차이가 없습니다. 논리로 차이를 벌리고 합리화하다 보면, 자유와 평등과 사랑 같은 궁극의 가치는 무너지고 부당한 편당과 학맥, 인맥, 우연 등에 의해 얻게 된 자리들을 당위인 듯 미화하게 됩니다.

'좋은 일자리 부부 홑벌이 제도!' 국가 근로의 기본 단위는 이래야 하지 않을까요? 소득의 직업별 편차를 줄이고 검소한 생활에 만족할 수 있다면 주택문제, 빈부 격차의 문제, 저출산의 문제도 어느 정도 해결할 가능성을 찾을 수 있지 않을까 합니다.

권력을 장악하고 이념을 독점하고 일신의 부를 확장하는 데 연연하는 자, 이들은 겉보기와는 다른 기회주의자들이기 쉽습니다. 패권적 이기심으로 '생명들'의 기본권을 앗아갑니다. 이들에게 더 빼앗기기 전에, 우리나라 정도의 경제력이면 하루 빨리 홑벌이를 제도화하고 기본소득 보장제도 도입하는 것이 경제 면에서도 더 나은 세상을 여는 계기가 될 것입니다.

나는 얼치기 촌놈의 일을 익히는 동안, 사람들은 왜 땀 흘리는 일을 하려 하지도 선호하지 않고 가르치려고도 하지 않을까, 하는 안타까움을 실감하곤 했습니다. 정신적인 노동과 육체적인 노동의 사회적 등급, 즉 임금 격차를 없애버리거나 대폭 축소해야 한다는 생각도 절감했습니다. 임원과 직원 사이의 엄청난 연봉 차이도 대폭 축소해야 합니다. 육체노동도 육체적 동작에 그치지만은 않고 직원들의 노고가 임원들의 노고에 부족하지도 않습니다. 연예, 스포츠 스타들의 행운의 값은 또 왜 그리 높기만 한지! 손익이 그렇게 차별되는 근거가 도대체 어디에서 생겨나는 것일까요?

부단한 판단력과 창의력의 실천은 어느 일에나 따르는 것입니다. 평생 촌 일에 몸을 바쳐온 학벌 없는 노인들이 먹물깨나 들었다는 대기업 사장, 언론계나 교육계에 종사한 사람들 못지않은 통찰력과 사고의 건전성을 보이는 것만 해도 노동 간의 대등한 가치를 증명한다 할 것입니다.

맞벌이를 하나 홑벌이를 하나 세월이 지난 후에는 아쉬운 것이 인생입니다. 한정된 시간을 살다 가므로 모두 함께 살 궁리를 해야 합니다. 인간의 행복은 물질을 토대로 하긴 하지만 욕심을 줄이지 않으면 안심에도 만족에도 이르지 못하고 행복과 안심의 시간에 다다르지도 못합니다. 가진 게 넘치지는 않더라도, 함께 자족하며 살 때라야 순간순간이나마 행복을 경험하게 되고 가족과 이웃의 연대감에 안심할 수도 있지 않겠습니까?

맞벌이는 가족 구성원 간의 행복을 저해하기도 합니다. 서로 일에 쫓기다 보면 마찰이 잦거나 아니면 서로 외면하고 살기 쉽습니다. 시간의 여유가 부족하면 불필요한 낭비가 쉽고, 투명인간들처럼 남남이 되어 사는 경우도 많습니다. 부부가 아니라 친구처럼 산다는 맞벌이 노년들의 말도 대개는 구차한 변명에 불과할 것입니다.

작은 자영업이나 봉사적 문화산업이라면 부부가 함께 해도 좋을 것입니다. 이런 점에서 맞벌이가 장려될 만한 장소로는 농어촌을 들 수 있지 않을까 합니다. 1차 산업에는 협동이 불가피하기도 하고, 몇 배 효과를 보는 전문 자유업이기도 합니다. 시골 생활이란 누군가가 함께하고 있다는 사실만으로도 힘이 나고 마음 든든한 것이니까요.

지상의 모든 생명은 행복하게 살다 갈 권리를 갖고 태어납니다. 세상의 생명 있는 존재는 아무리 미천해 보이는 것일지라도, 자신을 행복으로 이끌어 갈 동력과 권리를 지니고 있습니다. 작은 풀싹도 그에게 맞는 햇빛과 바람과 땅을 찾고 누리며 살아가듯 제가끔의 일자리는 모든 인간에게 주어진, 자연이 준 권리이기도 하다 할 것입니다.

까치산 기슭 품 큰 소나무 아래
밤공기에 온몸 맡기고 앉다.
강 너머 광역시 아파트의 불빛
이국적(異國籍) 여객선처럼 궁금하다.

저 불빛 속에
장사 나간 어미를 기다리는 아이 두엇
겉으로 씨름하며 속으로 밥솥 지키고 있으리라.
저 불빛 속에
늦게 귀가한 젊은 가장의 부은 발
아내가 더운 물에 씻고 있으리라.
저 불빛 속에
아비는 내일 사람 모인 자리서 읽을 한시(漢詩)를 외고
아들은 외국가요를 우리말로 적으리라.
또 저 불빛 속에
어둠 속에 화초를 심으면서
나이든 부부 한 쌍 흙 묻은 손 서로 자랑하리라.
그래, 저 불빛 아래
조막만 한 어미 고양이 한 마리
새끼들 흩어질까, 혓바닥으로 품안에 쓸어 모으리라.
초여름 밤공기에 맡긴 눈썹 사이, 겨드랑이 사이
어둠이 남기는 입김 은근하다.
초여름 밤 어둠의 입자들이
까치산 기슭 품 큰 소나무 아래
연분홍 꽃잎이 되어 내린다.

- 「어둠속 불빛」 전문

개인의 행복은 더 큰 생명체, 사람 사는 사회의 건강한 생

명을 필요로 합니다. 일자리 나누기는 한 가정의 문화를 풍요롭게 하고 개인의 가치를 드높입니다. 또 개인의 가치, 개개인의 행복과 자긍심은 사회 정의와 공동체 실현의 기반이 된다 하겠습니다. 그것은 하잘것없는 상대적 우월감에서 해방되는 일이요, 해야 할 일과 하지 않아야 할 일을 구분하고, 할 수 있는 일과 할 수 없는 일을 구분해야 하는, 생명 사회의 근본을 지키는 일이기도 할 것입니다.

헛소리,
사람 사이의 벽입니다

내가 지금 살고 있는 마을은 도시 근교 개발제한 지역이라 한적한 전원생활이 비교적 용이한 편입니다. 장년의 도시민, 퇴직자들이 '쏙쏙' 새 집을 지어 들어오고 있는 것도 그래서일 테지요.

하지만 그들이 촌 동네에 금방 어울려드는 건 아닙니다. 그 이유의 상당부분은 그들의(가끔은 촌부들까지 동참하게 하는) 헛소리들 때문이 아닌가 합니다. 땅을 고르고 새집을 짓고 인사를 나누는 중에도 새 주민들은 온갖 재주로 자신의 입지를 세우려 하지만 원주민들은 이미 그 속을 꿰뚫어보고 있다는 데 불화의 씨가 있습니다. 원주민들이 속지 않으면 그들은 문을 걸어 잠그게 되고, 원주민들은 원주민들대로 그들을 포기해버리는 것입니다.

헛소리—, 쓸데없거나 속이 빈 소리, 또는 정신을 잃고 중얼거리는 말이란 정도가 사전적인 의미입니다. 그런데 요즘은 속 빈 소리나 정신없는 중얼거림 정도는 헛소리 축에 들지도 못하는 것 같습니다. 생활에서의 헛소리란 이기심이나 편견에 의해 사실과는 다르게 하는 언행, 실제 행동과 달리하는 언행, 논리를 가장하는 비논리의 언행 등 자기본위의 과장이나 왜곡 행위를 일컫는다 하겠습니다.

근래에 번역 출판된 런던대학 스티븐 로(Stephen Law) 교수의 『왜 똑똑한 사람들이 헛소리를 믿게 될까』에 의하면, 헛소리에도 여러 레퍼토리가 있는바, '의미의 골대 이동하기', '몰라도 아는 척하기', '거짓으로 심오한 척하기', '그럴싸한 일화 나열하기', '세뇌시키고 조종하기' 등등이 단골이라 합니다. 딴전 부리기, 논리로 위장하기, 거짓 깊이로 분장하기, 온갖 이야깃거리를 늘어놓기, 믿음을 유발하는 세뇌 책략 등등이 헛소리의 속셈이요 기본단위들이란 말입니다.

진정을 실감으로 표현하기 위한 수사나, 친교적 인사에 따르는 관행이야 헛소리라 할 게 아닙니다. 문제가 되는 헛소리는 제 이득을 위해 남을 속이는 왜곡과 과장, 남을 조종하려는 술책이나 주제 비틀기 따위. 이런 질 나쁜 헛소리는 결국 사람 사이를 단절시키는 얼음 벽이 됩니다. 필요할 때마다 헛 약속, 헛웃음, 헛 자랑, 헛 소신의 폭죽을 터뜨리다 다른 때에는 꼬치꼬치 따지기도 하다가 사람 좋게 털어버리기도 하는 헛소리. 그건 본인을 우러러보게 하기는커녕 더불어 말문을 닫게 하거늘 그들은 이런 사실도 모른 척, 주위의 엉큼한 음모주의자, 호사가(好事家)들과 결탁하여 편당을 조직하고 자기편이 만든 다른 헛소리들과 협동을 이어가며 세상의 정의와 진실을 무력화시킵니다.

헛소리 대부분은 실제 삶을 살아온 이들에겐 아무 가치도 없는, 개가 콩엿 사 먹고 버드나무에 올라간다는 소리 같은 쓰잘데없는 것들입니다. 아무리 아는 것 많고 소신 두꺼운 양 위장한다 해도 거짓이란 다 들키게 돼 있거든요.

어리석은 이는
어리석은 줄 모르니 시끄럽고
지혜로운 이는
지혜로운 줄 모르니 말이 없고

- 「보고서」 전문

잠꼬대하는 사람이 제 잠꼬대를 듣지 못하듯, 헛소리하는 사람들도 자신의 헛소리를 듣지 못하고 자꾸만 도를 높이게 됩니다.

다섯 가지 좀벌레란 뜻을 가진 『오두(五蠹)』란 저술이 있습니다. 기원전 3세기경, 한비자(韓非子)의 것인데, 훗날 진시황이 읽고 "이 사람과 어울릴 수 있다면 죽어도 한이 없겠다"고 감탄한 글이랍니다.

글의 핵심은 나라를 좀먹는 다섯 벌레가 있으니 학자, 논객, 협사, 측근, 상공인들. 이들 중 학자는 교묘한 말솜씨로 군주의 눈을 가리고, 논객은 간사한 말로 제 사리사욕이나 채우며, 협사는 칼을 차고 법을 어기며 자신을 앞세우고, 비선 측근은 권세를 이용해 제 욕심을 채우기 바쁘며, 상공인은 갖은 술수를 동원해서 촌부의 이익을 가로챈다는 경계입니다. 이는 자연과 함께 살아가는 이들(농부)을 두고 점잖은 체하는 이들의 그럴싸한 헛소리가 바른 길을 이르는 양 하지만 실상은 사리사욕을 채우기에 급급할 뿐이라는 말이지요. 그래서 무지보다 위험한 것이 세칭 지성이라 할 것입니다.

헛소리는 참고 견딘다고 사라지지 않습니다. 헛소리에 대해서는 참소리로 당당하게 맞설 수밖에 없습니다. 그것이 불가피한 퇴치 방안이겠지만 참 속상하기는 속상한 일이지요.

헛소리는 날이 갈수록 교묘하고 두꺼워져서 각계각층에 사기꾼이 넘쳐나게 합니다. 2015년 우리나라 사기범죄에 놀아난 금전적 액수는 국방비 예산 37조원에 가깝다고 합니다. 사기꾼으로 드러난 행위의 갈취 액수가 그렇지, 더 낯 두꺼운 사기꾼들이 사기친 액수를 합치면 우리나라 전체 예산의 절반쯤? 이 세상이 사기꾼들에 의해 움직인다는 말이 되지 않을까요?

작년(2014년) 세월호의 침몰 과정, 국민의 안전을 최우선으로 도모하겠다던 우리나라의 안전시스템은 09시부터 17시 몇십 분 동안 수백의 인명을 방치, 죽음으로 몰아갔고, 위정자들의 책임전가하기에 급급한 모습만 노정했습니다. 유족들은 지금도 죽음의 원인을 밝혀달라고 항의를 하고 있습니다. 올해는 메르스(중동호흡기증후군)가 안전시스템의 무대책에 힘입어 발병지인 중동보다 더 심하게 창궐했습니다. 겹겹이 안전관리 부서를 만들고 고임금의 인력들을 채용했건만 헛일.

헛소리로 시끄럽게 굴면 벌금으로 다스리겠노라, 권력을 쥔 이들은 국민들에게 겁을 주기도 하고, 주의를 딴 데로 돌려 국민들의 건전한 문제제기마저 쓸모없는 헛소리로 몰아가고 있습니다.

법과 권력은 대체 누구의 편일까요? 유사 이래 법과 권력이란 가진 자들이 가지지 못한 자들에게 베푸는 시혜의 헛소리에 지나지 않았노라고 하면 완전히 틀린 말이라 할 수 있을까요? 법을 주무르는 이들은 스스로 횃불을 들고 나를 따르라 하지만, 그 횃불은 그들의 발아래나 비추었지 따르던 사람들은 더 캄캄한 어둠에 갇히기 일쑤. 이 글을 쓰는 날은 박근혜 대통령의 입맛에 맞춰 역사 교과서가 국정화로 단일화, 확정고시 되는 날이기도 합니다. 21세기 정보화 사회에서까지 근대 국가주의를 부추기는 이기적 발상이 틀렸습니다.

헛 불빛 따르느라 서로 다투기보다는 분석과 명분이란 빛을 버리고 원래의 어둠 속에서 따뜻한 기운 나누며 다시 길을 찾는 편이 낫지 않을까요? 법과 논리란 소수의 가진 자들을 보호하고 변명하는 것이 아니라 갖지 못한 자들도 나누어 갖는 실제, 가진 자들의 시혜의 한계를 정하는 것이 아니라 모두가 가져야 하고 가질 수 있는 것들에 대해 침해받지 않는 이상의 실현에 기반을 둔 것이어야 하지 않을까요? 세상의 온갖 법칙이란 것들이 그렇습니다. 헤겔(Georg Wilhelm Friedrich Hegel)이 우리가 진리라고 생각했던 법칙들이란 불변하는 듯해도 추상적이고 고정된 생명이 없는 세계에 지나지 않고, 현실의 세계야말로 스스로 움직이며 법칙을 만들어가는 살아 있는 세계라고 갈파한 결과, 살아 움직이는 세계, 종합적 인식의 세계로 전진해나간 철학사를 읽으면, 그도 어지간히 헛소리들에 시달렸나 보다, 싶기도 합니다.

다음은 15년쯤 전, 눈앞에 손바닥을 갖다 대어도 손바닥이 보이지 않던 칠흑의 어둠 속에서, 보이지 않는 아내와 함께 화악산을 내려올 때 마음속에 새겨지던 시, 「그믐밤 길을 잃고」의 전문입니다.

　　　그믐밤 산에서 길을 잃고
　　　나그네 되니
　　　내딛는 걸음마다 길이로구나.
　　　딱딱새 나무 쪼는 소리에 악의가 없고
　　　밤 부엉이 우는 소리 시비(是非) 들 틈이 없네.
　　　대명천지, 길 이르는 이 가득하고
　　　앞장서서 길 고르는 이 많아도
　　　이제 보니 세상의 밝은 길
　　　그믐밤 산길보다 어두웠구나.
　　　길 없이 가는 그믐밤 산길
　　　내딛는 걸음마다 산(算) 놓기 부질없고
　　　돌이켜 한탄할 원망이 없네.
　　　매달리지 않는다면 인간사 어두운 숲속
　　　어디에서도 길은 열리는 것을.

서로 햇불을 끄고 어둠에 구르다 보면
마음 이어 함께 가기도 하리.
길 잃은 그믐밤 나그네에게
오오, 그립지 않은 길 없네.

　이기심에 뿌리를 둔 과장과 왜곡은 자기도취와 위선의 씨를 퍼뜨립니다. 정치권력, 경제권력, 언론권력, 문화권력, 온갖 권력이 헛소리를 일삼으면 그에 대응하는 논리도 헛소리로 엮이게 됩니다. 해서, 논리는 세상을 밝히는 힘을 잃고 법은 더 챙기기 위한 가진 자들의 변명으로 전락합니다. 우리의 법과 논리는 처음부터 새롭게 세워야 하는 것이 아닐까요?

　이 사회는 의리도 정의도 남에게 요구하는 것이지 내가 가져야 하는 것이 아니라고 가르치고 있습니다. 이런 사실을 이해하고 나야 그동안 나를 절망하게 하고 회의하게 했던 많은 의혹이 풀리게 됩니다. 나도 그들과 결탁하고 살 것인가? 어린 시절부터 세상일에 늦되고 어리석다는 말을 들으며 성장한 내 마음을 한동안 흔들어댄 질문이기도 합니다.

　논리, 저마다 무기로 쓰고자 다듬고 벼리지만 그건 한때의 장난감에 지나지 않는 경우가 대부분입니다, 논리의 추상성과 강제성은 번번이 역동하는 생명성의 본연을 이탈하기 때문입니다. 부조리가 조리를 몰아내고 불의가 정의를 몰아내고 부정이 정상을 몰아냅니다. 우리가 살고 있는 자본주의 사회의 명분과 사유체계란 공평한 민주사회를 내세우되 만사를 독점하고, 진실을 내세우되 진실을 실천하기보다는 일신의 명리를 탐하는, 유령들의 흉기가 되기 쉽습니다. 논리를 채우는 관념이 전제적 명분이나 가식적 왜곡이어서는 안 될 것입니다. 언제나 함께 보다 행복한 세계로 진입하기 위한 구체적인 삶의 피드백이어야 할 것입니다.

요즘은 환상이라거나 유목이라거나 하는 관념의 게임에 중독된 헛소리들이 문화와 예술, 심지어는 인간의 진실이란 가면을 쓰고 세상을 집단 중독 상태에 이르게 하고 있습니다. 특정 논리를 전제(前提)로, 삶을 끼워 맞추고, 예술을 끼워 맞추다 보니 가짜 역사, 가짜 가치, 가짜 문화가 양산되고 적대감과 불평과 의심의 두께만 '욱욱' 두터워지는 게 아닌가 합니다. 정의란 삶을 위장하는 논리에서가 아니라, 삶의 실천에서 그 모습을 보일 뿐일 것입니다.

> 침묵하렴
> 지상의 모든 말을 다한 듯이
> 말하렴
> 지상에 내놓는 첫마디처럼
>
> ─「말과 침묵」 전문

그럴싸한 정치학, 경제학보다, 시보다, 예술보다 소중한 것이 생명의 역동이요, 실제의 삶입니다. 구체적인 생명과 생명의 따뜻한 연대입니다. 작은 풀싹이 돋고 큰 나무 우듬지까지 새순이 오르고, 물고기가 몸을 떨며 첫 헤엄을 치는, 저마다 지상에서 가장 아름다운 모습으로 살아가는 모습을 보면, 학문이고 예술이고 그들도 말짱 성기고 어설픈 헛소리에 지나지 않는 것들임을 절감합니다. 마음이 궁하면 작은 이익에 집착하게 되고, 집착은 잔꾀와 독선으로 자기 자신부터 옭아매게 됩니다. 그리하여 나는 나이고 남은 남인 단절의 벽을 쌓게 됩니다. 바로 곁에 사람을 두고도 절해고도에 사는 듯한 고립감과 배타적인 독점의식, 저마다 얼굴에 하양 칠만 해대는 기술들이 반성을 더디게 하는 것입니다.

촌사람들 마음에 도시에서 온 헛소리들은 백지에 흘린 잉크처럼 대번 번지게 됩니다. 친절한 얼굴로 제 자랑 늘어놓고는 자기 땅이라며 길 복판에 말뚝을 박고, 추상적인 논리나 읊어대는 귀촌인들의 흰 가면들, 그 헛소리들이 촌놈들의 살림을 불편하게 하고 마음에 금 긋기를 하게 합니다. 촌놈 되고자 한다면 새 집을 짓고 밭을 일구기 전에 헛 논리, 헛 소신, 헛소리 따위들을 털어내고 마음 밭부터 다시 일구어야 하지 않을까 합니다.

촌놈 되기의 문제는 여기 있나 봅니다. 남의 것이 내 것 되자면 내 것이 남의 것이 되어야 한다는 지점.

먼지처럼 작고
가벼운 보석, 다다(DADA)

     촌에 살자면 배워야 할 것도 많고 땀 흘릴 일도 많습니다. 산수도 끌어오고 밭 갈고 씨 뿌리고 거름하고, 가지 치고 나무 심고 가축 기르고 벌레 잡는 일. 하지만 그 일들이 적잖은 세월 내게는 글 쓰고 가르치는 일보다 즐거웠습니다. 밥때를 잊고, 밤 깊은 줄 모른 때도 있었습니다. 척지지 않고 다른 생명들과 함께 나누는 숨결, 부정 없이 기꺼이 맺는 관계들이란 그렇게 신명으로 몸과 마음을 파고드는구나, 느낄 수 있었습니다.

     모쪼록 노동이란 즐겁게 행할 때 스포츠가 되고, 즐거움이란 누군가와 함께 그 자체에 몰입하는 행위 속에 반짝거리며 찾아오는 것. 이 몰입에 손발처럼 서로 맞추어 드는 이가 있다면 일도 즐거운 스포츠의 경지에 오를 수 있을 것입니다. 그동안 내가 얻은 즐거움의 대부분은 아내가 함께한 덕분이라는 말을 하고 싶은 겁니다. 실제로 만나는 사람들이 나보다는 아내에게 "사모님이 수고 많으시겠어요." 하는데, 그런 인사말에 동의하면서, 새삼 고맙고 당연하게 느끼고 있습니다.

요 몇 년, 이런저런 글쓰기에 빠져들면서 나는 촌 일에서 상당히 멀어진 상태에 있습니다. 남자 힘이 필요할 때만 나설 뿐, 일을 벌이는 짓은 삼가고 집안일 대부분 아내가 처리하고 있습니다. 3년 전부터는 구순을 넘긴 노모와 함께 지내게 되었으니, 아내의 일은 더 많아진 상태라 할 것입니다.

그럼에도 사실을 폭로하자면 아내는 성깔이 보통 아닌 여잡니다. 어떤 권위에도 시비(是非)에도 제 기분에 따라 대응합니다. 요랬다 조랬다 하면서도 자신의 언행에 대해서는 털끝만치도 못 건드리게 하는 가시넝쿨, 남의 의견은 일단 반대하고 뒤집어놓기부터 하는 부정(否定) 우선주의자. 그래서 결혼 전부터 나는 그녀를 '다다'라는 별칭으로 불러왔습니다. 남들에겐 다다익선(多多益善)의 '다다'라고 둘러대기도 하지만 실은 해체와 파괴의 전위, 다다이즘에서 따온 별칭이지요.

체질적인 약골. 처녀 적 체형이 163센티에 40킬로 정도. 바짝 야윈 몸에 온 얼굴을 덮었던 주근깨. 귀한 티가 없고 몸이 약해 보인다며 부모와 은사는 물론 친구들까지 결혼을 반대했습니다. 내 눈엔 성실하고 처신 곧은 맏며느릿감이었습니다만.

알레르기가 있어 로션도 바르지 못하고 산물로만 씻어온 결과(?) 지금은 주근깨도 거의 사라지고 체중도 3킬로 정도 늘었습니다. 사람들은 처녀 적에 날씬했다가 나이 들어서 야윈 줄로 아는 모양, "젊었을 때 미녀셨겠어요!" 세월 가다 보니 이렇게 미녀였겠다는 소리를 듣기에 이르기도 했답니다.

좋아하는 사람이 없고, 갖고 싶은 것도, 가고 싶은 데도 없는 좁은 속, 그래도 가족에게만은 제멋대로 소리치는 집안 자주파. 내가 젊은 시절에 그녀에게 끌린 이유도 상식을 벗어난 개성과 의외의 정조(貞操) 때문이긴 했습니다.

다다는 일도 가능한 한 혼자 합니다. 혼자서 해야 일하는 기분이 난다는 특수 체질. 자기 기력에 비해서는 벼룩이 점프 실력에 견줄 만큼 놀라운 능력을 발휘하기도 합니다. 가끔은 도사가 아니면 비정상일 거란 생각도 하게 합니다.

귀촌 전 그러니까 1980년대 전반에 쓴 졸시 한 편입니다.

몸은 섞지 말자고
발자국소리만 나눠 갖자고
손끝만 잡아도
못 볼 거라고
다시는 아무것도 못 볼 거라고
몸 사리던 그대.
그 몸 사림으로 사내 꼬셔 눕혀 두고
오늘은
밥 끓는 소리 헤며
손깍지 끼고 앉았네.

- 「아내」 전문

아내는 혼자 몸이 달아 사내를 꼬실 사람은 아닙니다만, 결혼 10년여 될 때, 불현듯 내가 꼬심을 당했던 거 아닌가, 문득 우스운 생각이 드는 아침에 메모한 시로 기억됩니다.

어쨌든 다다는 5년간의 시집살이 중에도 교사생활을 하면서 애 낳고 시부모 받들고 다섯 시동생 어루만지는 등 집안일을 해내었습니다. 이후에도 자신은 밥을 별로 먹지도 않으(못하)면서 오랜 세월 가족의 먹거리를 챙겨왔습니다. 다다의 능력은 이에 그치지 않습니다.

나는 군(軍)에서 허리를 다쳐 수술까지 한 적이 있어서, 다다는 나에게 가능한 한 허리 숙이는 일을 못하게 말립니다. 고깔봉 우리 집 산수도는 10여 년 전에 내가 지인 차 모 씨와 함께 1킬로미터 이상 떨어진 산골짝에서 매설해 내려온 것인데, 설치가 일단 끝난 후에 시시때때 허리 굽혀 파이프를 때우고 이음새를 보수하는 일은 그녀가 맡아 해왔습니다. 요리조리 궁리해가며, 내가 들고 있던 파이프렌치나 몽키 같은 공구를 빼앗아 자기에게 맡겨두라고 고집했습니다. 이제는 실력이 늘어서 웬만한 화장실 파이프의 교체와 수리, 지하수 모터 수리까지 혼자 해내는 실력을 갖추게 되었습니다. 맥박이 뛰는 것이 신기하다 싶을 정도로 약한 체격의 여자가 부득부득 짜증을 내가며 해내는 일, 그야말로 이해 못할 경지라 할 것입니다.

내가 본 평상의 사람 중엔 가장 적게 먹고 야윈 체질, 하루의 식사 양을 다 쳐도 시내 식당 밥 한 공기 이내. 속에서 받지 않아서 고기도, 채소도, 약도 먹지 못하지요. 아무래도 촌 생활을 포기해야 할 것 같아 다시 시내로 나갈 계획을 세운 적도 있었습니다. 살 만한 아파트를 돌아보고 두어 차례 계약까지 한 적이 있었습니다. 하지만 번번이 포기하고 말았습니다. 무엇보다 아파트 단지가 뿜는 시멘트며 페인트 냄새, 그리고 색과 분위기가 막다른 길에 가두는 것만 같다고 다다가 반대했기 때문입니다. 나도 동감이긴 했습니다만.

그녀에겐 시멘트 냄새 외에도 싫어하는 것이 많습니다. 제일 싫어하는 것이 남에게 지적질 당하기, 그녀의 일을 간섭하거나 들추어내다가는 의기충천한 순교자 코스프레에 직면하게 됩니다. 밭에 잡초방지용 비닐 깔기도 싫어하고 살충제 쓰기도 싫어합니다. 화학비료는 아예 구입하지 않습니다. 또 농사를 돌본 후엔 수확을 해야 하는데 정작 수확하는 일은 아주 싫어합니다. 요즘 와서는 가져갈 사람도 별로 없어 올 봄엔 처음으로 농협 로컬 푸드 판매대에 산(山) 두릅을 내놓기도 했는데, 이를 알아보는 직원들이 대부분 사 가버렸다고 합니다.

여행은 국내여행을 고집하고, 주위에 옷 사주는 사람이 많다면서 20년째 새 옷을 사 입지 않고, 30년째 영화관 가지 않고, 사진 또한 찍지 않습니다. 인물이고 풍경이고 마음에 담으면 되지 군이 물리적으로 복사해둘 필요는 없다는 거지요. 음식 먹기 싫어하고, 위장약도 건강식품도 먹지 못합니다. 생일잔치 같은 이벤트를 싫어하고, 금붙이 선물도, 액세서리도 싫어하고, 사람들 앞에서 노래 부르지 않고, 모피 싫어하고, 호의호식도 싫어합니다.

제 기력이 원체 약하다 보니 그러려니, 이해하다가도 잘 토라지고 살가운 데가 없어 속상할 때도 적지 않습니다. 그래도 다다가 싫어하는 것들의 상당수는 도긴개긴 나 역시 좋아라하지 않는 것들이라는 점이 우리 둘 사이를 지탱하는 끈이 되어온 셈이라 할까요?

나와 아내가 남달리 다정스레 살아온 건 아닙니다. 이런 일 저런 일로 티격태격 다투다가 남다른 사태에 다다르게 되어 두 차례, 도합 1년여 헤어지기도 했습니다. 헤어질 때면 그녀는 빈 손채 돈 한 푼 없이 두말 않고 도장을 찍고 사라집니다. 솔직히 말해, 잘 됐다 싶다가도 그 황당함이 목구멍에 가시가 되어 내장에 소금을 친 듯 따가웠습니다.

이래저래 둘 다 고치고 싶어도 바꿀 수 없는 성깔들을 안은 채 다시 붙어살게 되었습니다. 막말까지 예사로 해대며 둘이서 다투는 모습, 사람들이 볼 땐 못 봐줄 흉이겠지만 산이보고 바람이 보면, 사람들 사는 게 저런 꼴들이라, 재미로 여길 거라 자위하며 살아갑니다.

두루 아실 사회윤리학자 라인홀드 니부어(Reinhold Niebuhr)는 『도덕적 인간과 비도덕적 사회』란 책에서 인간이 지향하는 가치를 둘로 나눈바, 하나는 도구적 가치— 재화, 권력, 명예, 지식 등이며 다른 하나는 이 도구적 가치가 사용되어야 할 사랑, 나눔, 상생, 공동의 행복 등 궁극의 가치가 그것입니다.

다다는 이 두 가지 가치 모두에서 비켜선, 그때그때 되는 대로 살고 또 그러기를 주장합니다. 남달리 많은 걸 가지는 것도 부담스럽지만 고매한 인격으로 존경받으며 사는 것도 바라지 않는 것입니다. 특히 도구적 가치에 매달리지는 않습니다. 어떤 현실적인 목표를 두고, 자신이 그 목표 달성을 위한 도구가 되기를 극력 거부합니다. 물론 사람을 목적적으로 사귀지도 않습니다. 사람을 별로 좋아하지도 않는 건 타고난 체력의 한계와 관계되는 일일 겁니다.

이나저나 그 덕에 우리 둘은 티격태격 털어놓아 가며, 그 덕에 악행을 자제하며 이 지점까지 살아왔습니다.

작고 가벼운 무지랭이로 사는 일도 녹록지 않은 일입니다. 가로 세로 엮인 인연의 끈들로 하여 때 아닌 고통을 감수하기도 해야 하고, 매정하게 포기하는 용기도 가져야 합니다. 하지만 문제에 맞닥뜨릴 때마다 명리를 앞세우지 않고 가벼운 무지랭이의 입장에서 판단하고자 했다고 생각합니다. 법과 명리를 앞서 가능한 한 순박한 근성으로 처신하고자 했습니다. 가능하면 도구적 가치에 휩쓸리지는 말자는 생각이었습니다. 매사 세상이 베푸신 은택에 힘입어 예까지 온 것이라 하지 않을 수 없습니다.

4년 전 둘이서 모처럼 버스여행을 하는 중에 쓴 시 「아내와의 여행」 전문입니다.

서로 편히 지내자고 각방 쓴 지 여러 해
잠든 아내의 얼굴
여행길 관광버스에서 본다
― 남자 다 되었구나
눈자위며 목선에서 반짝거리던
앳된 티 사라졌다
턱을 떨어뜨린 채 잠든 모습
죽은 장인어른이다
나더러 여자 다 됐다, 핀잔하더니
헤 벌린 턱선
너에게는 남자 근육이 생겼구나.
좀 더 시간 흐르면
이승의 남자 여자 계급장 떼고
햇볕에 몸 빛내며 돌아다니는
같은 꼴 먼지가 될까?
이승에선 발목이 가렵다고
만날 발목 긁어대던 작은 먼지.

　작고 보잘것없는 존재에게도 제 나름 살아갈 권리와 가치
가 있습니다. 먼지 한 톨도 우주의 숱한 다른 별들처럼 반짝
거리며 최선을 다하여 존재한답니다. 작고 가벼운 모양으로
떠돌 때에 작고 가벼운 다른 별의 반짝임에도 다가가고 먼

별을 그리워하는 마음도 크게 품을 수 있지 않는가 합니다.

　이대로 묻혀 살 수 없다고 소리 지르다가도 금세 풀어지고, 계약까지 마친 도심의 아파트를 자진 포기하고 다시 촌으로 들어오곤 했던 자유롭고 억센 자연녀, 먼지마냥 가볍고 작은 보석이 내 허수룩한 철판집 건넌방에 살고 있습니다. 시내에 나가 살 만한 환경이 되면 내려가 살 것이라는 생각도 여전히 잊어버리지는 않는 채.

소박한 신성(神性),
정지용의 시 「향수」

　　외국 사람들이 패널로 참여하는 우리나라 TV 토크
쇼를 보았습니다. 덴마크, 노르웨이, 스위스, 네덜란드 등 북
유럽 출신 패널들은 이구동성, 우리나라에 와서 느낀 제일 특
이한 문화가 생존 경쟁, 자기들 나라엔 별로 없는 서로 간의
경쟁이라고 했습니다. 의식주는 물론 교육, 의료 등에 걸쳐
최상의 복지가 제공되는 나라에서 왔으니 우리네 어설픈 근
대문화가 무척이나 낯설던 모양이었습니다. 한국인 진행자는
어이없다는 표정을 지으며 "경쟁도 없이 살면 살맛이 없지 않
느냐"고 농 반 진 반 응수했습니다.

　그들 복지국가란 천연자원이 풍부하기도 하지만, 국민들
이 고액의 세금을 자발적으로 내는 나라들입니다. 하지만 이
스라엘, 아랍에미리트 같은 전쟁 중인 국가의 행복지수도 최
상위권에 가까이 있다는 통계를 보면 삶의 질이란 그런 물리
적인 조건으로 해결할 수 있는 것도 아니라는 사실을 알 수
있습니다. 사회 체제가 공평한 자유와 자유의 공평함으로 연
대될 때, 개인의 사회적 책임과 자긍심이 함께 높아지는 즉,

행복지수가 높은 사회가 되는 것이 아닌가 합니다. 세상에서 교육열과 생존경쟁은 가장 치열한 반면 출산율과 행복지수가 가장 낮다는 나라, 우리나라 사정을 감안해보면 참 간절한 문제라 하지 않을 수 없습니다.

행복이란 개인의 아집을 변명하는 데서 얻어지는 것이 아니라 남을 나처럼 존중함으로써 스스로부터 존중받게 될 때 가능해지는 일이 아닌가 합니다. 쟁취보다 나눔이, 물질보다는 문화가 결정하는 것입니다. 개인의 영달보다 사회적 책임 수행이 즐거운 사회, 세금을 내지 않기 위한 협잡보다 사회적 기여가 가치로운 사회에서 가능할 터입니다.

근대적 범신론(汎神論)을 역설, 모든 존재를 신성시했던 철학자, 자연이야말로 가장 완전한 실체임을 안 스피노자 (Baruch de Spinoza)는 현실적 명리를 사양하고 렌즈를 가공하는 소박한 일상에 보람을 느끼며 산 철학자입니다. 그것이 그에게 가장 흥미롭고 자연스러운 일이었기 때문일 것입니다. 결국 렌즈 연마과정의 유리가루로 인한 폐질환으로 사망한 것으로 알려진 유대인 스피노자, 그것도 자연의 한 조각인 그의 운명이었을 겁니다.

그에게 신(神)이라는 '유일한 실체'는 자연이었으며 영혼은 생명체 안에만 존재하는 것이었습니다. 때문에 그는 유대교 회로부터 파문당하기도 했고, 아버지로부터의 유산도 포기해야 했고, 하이델베르크 대학의 교수직도 사양했습니다. 인간의 자유라는 권리 또한 자연의 법칙 위에서의 행동이어야 하는 것이지, 결코 완전히 자유로운 의지와 결단에 의한 행동이어서는 안 된다고 역설했습니다. 설령 누군가의 자유로운 선택에 의한 결단이라 하더라도 그것은 돌이 공중에서 (자연의) 중력에 의해 떨어지고 난 후에 자신의 의지에 따라 내려온 것이라 생각하는 경우에 불과하다는 말입니다. 자연의 일부로서 만족하고 산다는 것은 안심과 행복에 이르는 윤리가 될 것입니다.

스피노자가 죽자 그가 남긴 것들— 침대, 방석, 이불, 모자 두 개, 구두 두 켤레, 속옷, 낡은 여행가방, 책상, 의자, 렌즈 연마기와 약간의 렌즈, 작은 초상화, 은 버클 2개, 체스 도구, 은 인장 등등이 전부였습니다. 유족들은 유산을 처분해도 경비를 빼면 남는 돈이 없다는 것을 알고 상속을 포기했다고 합니다.

자본주의적 탐욕과 경쟁의식은 사회적 연대를 파괴하는 건 물론, 개개인을 자기 상실, 세계의 상실 상태로 몰아붙입니다. 내적 소외감은 깊어만 가고 깊은 소외감은 이기심과 경쟁심을 더욱 부추기는 악순환을 거듭하게 합니다.

남보다 풍요롭지 않아도 행복한 세상, 남을 짓밟지 않고도 만족할 수 있는 세상, 인생에 함께 참여한 것이 긍지가 되는 사회는 어떤 곳일까요? 작으나 크나 모든 존재가 서로 아름답게 비추며 살고자 하는 사회, 그곳에 가는 길은 의외로 밋밋하고 소박한 데 있을지도 모릅니다.

함께 살자면 개인적 탐욕과 집착을 걷어내고 자연의 일부로서의 겸손, 소박한 공유의 심성을 잃지 않아야 하지 않을까 합니다. 정지용의 시「향수」에서 읽어봅니다.

아시다시피 정지용은 1930년대 우리 근대시사에 언어적 세련과 회화적 감각을 도입, 서구적 감성의 근대적 지평을 연 시인으로 알려져 있습니다. 하지만 내가 그의 시에서 주목하는 것은 외래적 감성과 솜씨의 문학사적 의의가 아니라 그의 소박함, 소박미(素朴美)를 향한 소망에 있습니다. 그는 서양의 이미지즘을 우리의 묵화(墨畵)적 서정으로, 구체적인 삶 속에 친근하게 녹여내었고, 우리 전통의 민요와 사설조 양식을 근대화함으로써 일제 강점기에도 긍지를 가지고, 행복의 소망을 잃지 않고 시를 쓴 시인이었습니다.

인기가요의 가사가 되기도 한 그의 시「향수」는 본디 삶의 소박미를 가장 잘 나타낸 시가 아닐까 합니다.

넓은 벌 동쪽 끝으로
옛이야기 지줄대는 실개천이 휘돌아 나가고,
얼룩백이 황소가
해설피 금빛 게으른 울음을 우는 곳,

— 그 곳이 차마 꿈엔들 잊힐리야.

질화로에 재가 식어지면
뷔인 밭에 밤바람 소리 말을 달리고,

엷은 졸음에 겨운 늙으신 아버지가
짚 베개를 돋아 고이시는 곳,

― 그 곳이 차마 꿈엔들 잊힐리야.

흙에서 자란 내 마음
파아란 하늘빛이 그리워
함부로 쏜 화살을 찾으러
풀섶 이슬에 함추름 휘적시던 곳,

― 그곳이 차마 꿈엔들 잊힐리야.

전설 바다에 춤추는 밤물결 같은
검은 귀밑머리 날리는 어린 누이와
아무렇지도 않고 예쁠 것도 없는
사철 발 벗은 아내가
따가운 햇살을 등에 지고 이삭 줍던 곳

― 그 곳이 차마 꿈엔들 잊힐리야.

하늘에는 석근 별
알 수도 없는 모래성으로 발을 옮기고,
서리 까마귀 우지짖고 지나가는 초라한 지붕,

흐릿한 불빛에 돌아앉어 도란도란거리는 곳,

— 그 곳이 차마 꿈엔들 잊힐리야.

- 정지용 「향수」 전문

이 시의 가치를 '언어적 회화성과 감각화'에서 찾는 건 서양 위주의 계몽주의 교육 탓입니다. 그렇게 따지자면 이 시는 그다지 특징 있고 감동적인 작품이 되지 못합니다. 이 시의 가치는 실개천이 속삭이며 흘러가고 얼룩소가 한가히 누군가를 부르는, 의욕 왕성한 이들에겐 아무렇지도 않을 수 있는 평범한 시골 풍경에 대한 진정 어린 그리움에 있다 해야 하지 않겠습니까?

화롯불이 꺼질 때쯤 짚 베개를 다시 돋우어 베시는 아버지의 모습이 그립습니다. 과녁 없이 쏜 장난감 화살이며 풀밭에 떨어진 자신의 화살을 되찾아 오던 일견 소박한 재미, 누이와 아내가 제가끔의 일을 하며 지내던 평상의 모습들, 매일 반복되는 노동에서도 새로운 듯 인정 샘솟는 고향, 맨발로 이삭을 줍는 아내, 흐릿한 호롱 불빛에 소곤소곤 맑은 정 들던 자연 친화적인 삶이 사무치게 그립습니다. 자연 속에서 진정한 자유를 얻는 노동의 소외 이전의 삶에 대한 향수였는지도 모릅니다. 이 소박한 삶이야말로 각박한 도시생활로는 닿을 수 없는 신성(神聖)의 정경입니다. 어린 시절부터 우리나라와 일본의 거대 도시에서 유학한 엘리트였지만 지용의 내면에는 세련된 지성도 경쟁에서의 승패도 없는 싱거운 삶, 자연친화적 소박한 삶으로의 귀향의식이 이슬처럼 영롱하게 맺혀 있었던 것입니다.

시인들이 언어의 새로운 경지를 열고, 사회 체제를 비판하고, 자연과 평화와 자유를 구가하는 것도 의미 있는 일일 수 있습니다. 그러나 그것이 구체적인 삶에서 우러나지 못하고 머리끝, 손끝의 재주에 머문다면, 그것은 천박한 문명과 상업주의에 편승한 허영 어린 작란(作亂)에 지나지 않는다 할 것입니다. 지용의 「향수」가 갖는 미학은 고향 마을의 영혼을 가슴에 간직한 작은 생명, 평화와 생태의 소박을 신성으로 그리워하는 데에서 우러나온 것입니다. 마르크스(Karl Marx)는 자본주의의 분업체제에서 노동자는 하나의 온전한 상품을 만들 수 없어 노동의 가치를 음미하지 못한다는 점에서, 그리고 자신이 만든 상품이 자신의 것이 못 되고 자본가의 소유물이 됨으로써 노동의 소외 상황에서 생존을 위한 힘겨운 노동을 지속하지 않을 수 없는 비극 속에 놓인다고 했습니다.

능률 위주의 시스템, 세련된 매너가 모래처럼 날아다니는 도시라는 사막에서 소 울음소리가 황금보다 소중하고, 짚베개를 돋우며 돌아눕는 아버지의 모습, 볕 아래 맨발로 이삭을 줍는 아내가 최상의 아름다움인 시공, 그것은 노동의 소외 이전의 공동체적 삶을 향한 기원이요, 추상에 그치지 않는, 현실적 헤테로토피아(Heterotopia)였다고도 할 것입니다.

비정상의 언어가 넘쳐나는 시대입니다. 정상적인 언어 대신 가학적인 언어, 파괴적이고 자학적인 언어를 자랑삼는 언어가 넘쳐나고 있습니다. 엄청난 과장과 거짓이 예사로 자행됩니다. 거리에 넘치는 건물들 명칭만 해도 로얄팰리스, 하이츠빌, 렉서스빌, 바로크빌, 꿈에그린월드, 무슨무슨 캐슬, 영웅들의 축복받은 사후 세계인 엘리시움, 월드메르디앙유보라, 허영의 표정들입니다. 오늘의 시들이, 뛰어난 언변가들이 삶을 왜곡하고 파괴하는 일에 앞장선 결과는 아닐지, 성찰과 반성이 따라야 할 것입니다.

촌뿐 아니라 도시에서도 얼마든지 인간적인 삶의 신성을 발견하고 품을 수 있을 겁니다. 하지만 언어의 옷을 잘 입힌다고 해서 시가 되고 작위의 눈물과 허무를 일삼는다고 시가 된다면 고대광실에 로봇을 두고 대신 행복을 누리는 거짓 삶에 다르지 않은 짓이라 하고 싶습니다. 인간 본래의 모습, 소박한 신성은 천지에 가득한 것입니다. 새로워 보이기 위하여 시를 배반하고 삶을 가장하는 억지, 위선의 시를 보면 시 쓰기 부질없다는 생각이 들기도 합니다.

20세기 전반의 지나친 기교 예술의 시대에 톨스토이는 그의 『예술이란 무엇인가』에서 이렇게 걱정했습니다.

예술 활동을 위하여, 전쟁에 있어서처럼 예술에 있어서도 인간의 생명이 희생된다. 수십만 명의 사람들이 어렸을 때부터 그들의 전 생애를 다리를 빨리 꼬아 비트는 동작(무용), 건반과 현을 빨리 때리고 튕기는 동작(음악), 또는 말을 뒤바꿔놓고 모든 낱말에 운(韻)을 찾는 시작(詩作)에 바치고 있다. 이들은 가끔 현명하며 보람 있는 일이라면 무엇이든지 할 수 있는 능력을 갖고 있으나, 그들의 전문화되고 정신을 잃게 하는 직업에 대하여 야만인으로 변하여 일방적이며 자기만족의 전문가로 되고, 또 삶의 여러 가지 심각한 현상에 대하여 무감각하게 된다. 이들은 단지 다리, 혀 또는 손가락을 빨리 꼬아 비트는 일에만 능한 것이다.

시인이 시를 쓰기 전에도 세상은 이미 시입니다. 하늘과 구름, 바람과 별, 흙과 사람, 모두가 이미 시이기에 시인은 허리를 굽혀 풀꽃의 속살을 만져보고 고개를 들어 바람 한 줄기의 자취를 느낍니다. 모든 존재는 존재 자체로 우리가 닿을 수 없는 신성입니다. 시인이란 그 곁에서 함께 볕을 쬐며 별것 아닌 데서 신성을 받아내며 즐거워하는 존재에 지나지 않는 게 아닐까 합니다.

내게는 요즈음 석기시대가 또 하나의 고향으로 다가오고 있습니다. 역사적으로 우리가 잃어버린 소박의 끝자락을 따라가 본 시공이라 할까요.

돌을 보면
쥐고 싶다

내가 쥐면 저쪽에서

꽈악 마주 쥐는 털보의 순진한 눈매

맨 처음 불끈, 돌을 움켜쥐었던 생명체
어느 유인원의 체온까지

바람이 쓰다듬고 별빛이 핥으며
오랜 세월 식혀왔나니
여기, 단단한 심장으로 남아있네

진주시 일원에 떨어졌다는
운석조각 찾기 세상 시끄럽던 해 가을날

내가 찾아내었네, 유인원이 쓰다 버린 운석들
뒷산 너덜겅에 수없이 쌓여있는
털보들의 찍개돌이며, 좀돌날몸돌

오오오오오, 원숭이 골상을 하고
햇살 사이사이 일시에 쏟아져 나오는
남녀 털복숭이들, 주먹도끼며 가로날도끼며

사이, 엉거주춤 털복숭이들의 뒤를 따르는
털 다 빠진 인간 하나

돌너덜에 발 찔리며 엉금엉금 뒤따르는 알몸

오오오오, 21세기 가을의 적막한 오후

- 「돌도끼 휘두르며-석기시대」 전문

　우리네 삶을 어디까지 되돌려서 다시 시작해야 좋을까? 하는 생각을 하며 산길을 걷다 너덜겅에 이르러 떠올린 석기시대. 우리 문명이 철(鐵)을 다루기 이전에 그쳤다면 억울한 사람, 허무한 사람, 몸부림치는 사람이 이다지 넘쳐나지는 않았을 것이 아닌가 하는 상상의 시간을 가졌던 것입니다.

어정잡이 만세

똑똑한 사람이 많습니다. 가족 간 친구 간 오가는 대화가 서로 간의 삶을 나누고 여유를 즐기는 행위가 못 되고, 잘난 이, 못난 이를 가르고 시시비비 따지는 똑똑이 경쟁에 쓰입니다. 그래서 이 사회를 경쟁사회, 정답에 목매고 사는 '정답사회'라고들 부르나 봅니다.

만날 무슨 퀴즈대회와도 같은 똑똑이 경쟁 속에서, 면접이라도 보듯 눈치 보고 살아가거나, 과시하고 왜곡하며 남을 깔아뭉개고 사는 세상입니다. 그렇지 않으면 열패에 내몰리게 됩니다. 사는 일이 사람 사는 거 같지 아니하고, 이다지 아이러니와 풍자의 비유담 같은 세태. 진짜 사는 맛 나는 삶은 어디쯤 있을까요?

정답이니 소신이니 내세우며 세상으로부터 받아온 은혜는 감추고 자신의 엉터리 신전(神殿) 쌓기에나 매달리는 지도자들, 세상의 지혜가 부정과 위선을 감추기 위한 방편인거나 아닌지, 의심됩니다. 진정 어린 땀과 마음을 나누기는 힘들고, 개성으로 포장되는 황당한 주장과 남의 것 빼먹기를 지혜로 여기는 풍조. 위대한 인생 승리자와 앞을 훤히 내다보는 똑똑이는 넘쳐나건만, 삶은 자꾸 팍팍하고 위태롭기만 합니다.

이슬람의 수피우화에는 물 위를 걷거나 하늘을 나는 수행자들의 얘기가 여럿 있습니다. 그중의 하나—

첫 번째 수행자가 두 번째, 세 번째 수행자에게 자기 자랑을 합니다.

"나는 오랜 수행 끝에 물 위로 걸을 수가 있게 되었소."

그러자 두 번째 수행자가 한 술 더 뜨고 나섰습니다.

"나는 공중에서 걸을 수 있게 되었다오."

옆에서 듣고 있던 세 번째 수행자가 말했습니다.

"그런가요? 나는 이제 겨우 땅 위를 걸을 수 있을 뿐입니다."

대화를 듣고 있던 존경받는 원로 수피가 첫 번째와 두 번째 수행자를 두고 말했습니다.

"고달픈 수행 끝에 당신들은 이제 물고기와 새의 경지에 이르렀나 보오."

그리고 세 번째 수행자에게 말했습니다.

"당신은 사람의 경지에 이른 것 같소."

물 위를 걷고 공중을 날아다니다니? 설사 그럴 수 있다 해도 그건 쓸데없는 잔재주. 물고기나 새, 짐승의 경지에 불과한 것입니다. 인간에게는 기계적인 완벽함이나 짐승 같은 소신, 홀씨처럼 가벼운 달관보다는 사람다운 생활, 내세울 것

없고, 시비 따지는 일에 서툴지라도 한 발 한 발 인간과 더불어 땅에서 살아내는 삶이야말로 인간다운 경지라는 비유담이 아닌가 합니다. 기상천외한 발상이나 유별난 재주보다 인간다움이야말로 최고의 멋이요, 지혜인 것입니다. 사람의 멋이라거나 맛이란 것은 귀한 보석으로 반짝이는 빛이나 일도양단의 카리스마에 있는 것이 아니라 그저 평범한 물맛 같은 인간미가 아닐까 합니다.

세상에서 가장 무르고 연한 것 즉, 물(水)은 세상에서 가장 단단한 것 즉, 쇠와 돌을 마음대로 움직이고, 자신은 일정한 모양도 갖지 않으면서 어떤 틈 없는 곳에라도 스며든다.

-『도덕경』 하편 제 43장에서

물처럼 있는 듯 없는 듯 함께 흐르면서 끝내 이루어내기, 잘나기보다 성공하기보다 모두의 소중한 소망이었으면 합니다. 새처럼 공중을 날고 물고기처럼 물 위를 달리지는 못하더라도 두 손 두 발로 협동하며 땅에서 이루는 삶. 사람으로서의 눈물과 웃음을 섞어 살아가는 어정잡이의 삶. 똑똑하지도, 비겁하지도 않은, 순리를 좇으면서도 거역할 수 없는 힘을 지니는 회색지대야말로 담백한 사람의 터가 아닐까 하는 것입니다.

텃밭에서 뽑은, 있는 듯 없는 듯한 생 배추 맛 같은 맛으로 살기라고나 할까요?

　　진눈깨비 내릴 무렵
　　거창하게 벌어지는 녹색 꽃, 배추.
　　그 향기에 안식구 배앓이 멎을 때면
　　겨울 가뭄이 오고,
　　마른 겨울 땅에 부리 박은 채
　　마냥 벌어지던 이파리, 세워 묶는다.
　　서로 추위 되지 않으려고
　　배추는 저들끼리 녹인다. 껴안는다.
　　아침이면
　　녹색 연꽃 봉오리로 서리 밭에 줄을 맞추고
　　저녁이면 산엣사람이 되어, 저마다
　　공중 부양해 보인다.
　　이윽고 김장 칼이 텀벙 자를 때
　　멀리서 새로 동 트는 무명의 시간
　　두어라, 무념무상의
　　겨울 배추 맛.

　　　　　　　　　　　　　　　　- 「배추」 전문

　　고단하고 힘겨울 때 뽑아 먹는 무맛이나, 한 잎 두 잎 솎아
먹는 생 배추 맛, 갈증과 갈등을 덜어주고 맛없는 맛의 풍미
를 불러일으킵니다. 흑과 백의 분명한 맛, 짜고 맵고 달고 쓰

고 신 맛도 있겠지만 무나 배추같이 있는 듯 없는 듯한 싱거운 맛이 없다면 어찌 온갖 오미(五味)가 있겠습니까? 맛의 근본은 무미(無味)입니다. 근본에 이르면, 분석과 평가의 맛, 이성과 감성, 주관과 객관, 세계와 자아도 그렇게 쉽게 맛볼 수 있는 경지가 아닐 것입니다.

겨울에도 창문을 조금은 열어두는 친구가 있습니다. 한겨울, 칼바람 부는 날에도 조금은 열어둡니다. 황사 경계령이 내린 날에도 창문을 조금은 열어서 빈축을 사고, 가방 지퍼도 열고 다니는 바람에 더러는 내용물이 쏟아지기도 합니다. 툭하면 제 집의 강아지를 풀어주고는 그놈을 찾아 헤매고 다니기도 합니다. 칠칠맞지 못하다는 핀잔에도 별로 신경 쓰지 않습니다. 방도 자동차도 가방도 지퍼도 숨을 좀 쉬고 살아야 하지 않느냐고 우스개를 하며. 겨우내 감기를 달고 사는 그는 아마 완벽한 상태라든가 완벽한 생활 따위를 부담스러워 하는가 봅니다.

돌이켜보면 개개인의 위치는 의례 중간지대에 놓입니다. 앞 세대와 뒤 세대 사이, 지식인과 무지렁이 사이, 투쟁과 수긍 사이, 출세와 굴종 사이의 경계에 있습니다. 그러다 보니 단일대오를 강요하는 편당성, 명분과 소신을 앞세운 비양심, 실상을 저버린 관념의 유희에 자동화된 환호를 보내게 됩니다. 낙오되지 않기 위해서, 개방과 실상의 경계를 지키는 보통 사람의 지혜를 저버리는 것입니다.

서양 철학사에서 철학적 사유의 대상, 근본실재란 것도 다양했다 하겠습니다. 그리스 자연철학의 실재는 자연이며 플라톤의 실재는 이데아, 데카르트의 실재는 자아, 헤겔의 실재는 절대정신이라 이르는 것입니다. 이에 비해 20세기 스페인의 철학자 오르테가(Ortega Y Gasset, José)의 실제는 삶이었습니다. 그는 근본실재를 추상에서 끌어내려 구체적인 '삶'으로 파악했습니다. 신이며 자연이며 이데아, 이러한 일체의 것들이 모두 삶을 이루는 요소들이 될 때라야 의미를 갖는다는 말입니다. 삶의 소중한 본질은 아는 것도 아니고 꿈꾸는 것도 아니고 삶 그 자체에 있는 것입니다.

자연의 이데아를 삶에서 구현하는 것이 도(道)요, 덕이요 인의 실천이 아닌가 생각합니다. 잘나고 눈치 빠른 이들의 처세가 항상 삶의 현장을 벗어나 신이며 신념이며 자연이며를 들먹거리는 비 사이로 돌아다니는 야비함을 전파하는 것이라면, 어정잡이의 삶이란 비 오는 날 비 사이로 다니는 똑똑이가 아니라, 역사에 이름을 올리는 성공에 이르지는 못할지라도 스스로 우산으로 비를 가리거나 그게 못 되면 비를 맞으며 가는 인간의 순리를 따르는 데 있다 하겠습니다.

20세기 철학적 인간학의 선구자로 간주되는 막스 셸러(Max Scheler), 인간은 충동과 정신의 이원적 존재라는 실제적 관점에서 인간의 철학을 체계화했습니다. 소크라테스가 사람들이 자기 자신을 모른다는 사실을 모르고 있다는 점을 깨우치게 하려 했다면 그는 사람들이 자기 자신을 모른다는 것을 알고는 있으나 모른 척해버리는 것이 문제라고 했습니다.

자신을 잘 모르는 상태에 있는 인간은 자신의 무지를 이기적 욕망으로 채우거나 혀에 발린 논리로 무지를 감추려고까지 합니다. 그들이 온갖 논리로 분칠하고 돌아다니는 한 우리는 땅 위를 걷는 인간 되지 못하고 물 위나 공중에서 헤매는 흉내를 내야 하지 않을까 합니다. 알아도 모르지 않을까, 이길 수 있어도 부당하지 않을까, 똑똑이 되기를 자제하면서, 때로는 바보처럼 사실을 말하고, 손해가 있더라도 상식을 따르는 삶이야말로 사람임을 유지하는 삶이 아닌가 합니다.

　앞의 내 친구는 산행을 할 때도 양손에 스틱을 들고 걸어야 유익하다는 상식을 어기고 삽니다. 정작 산길 걷기를 사랑하는 그는 날카로운 금속 등산스틱으로 땅을 허무는 게 싫어서 나무 지팡이를 씁니다. 나무 지팡이는 대개 산길 초입에서 어렵잖게 구할 수 있답니다.

　전 국민이 산길에서는 거의 등산용 철제 스틱을 쓰고 있습니다. 그것도 양손에 둘씩이나. 그렇게 산길을 후벼 파며 걷는 것이 모든 개인에게 허락되는 일일까요? 세상에 나만을 위한 것은 없습니다. 세상에 내 것도 없고 내 것 아닌 것도 없습니다. 어디에나 내 몫이 없지 않으므로 비겁하지는 않아도 됩니다. 그래서 여유롭고 당당해질 수 있지 않은가 합니다. 그러나 나만의 것도 없습니다. 분수를 아는 것은 남의 것을 아는 도리요, 자긍(自矜)의 경계를 아는 일입니다. 전쟁도 아닌 산행에서 양손에 철제 스틱을 쥐고 흙을 파댈 권리는 누구에게도 없지 않은가 합니다. 나만의 것이 없을 때, 남의 것이 다 내 것인 행복감에 젖게 되지 않을까 하는 것입니다.

인간의 문화를 진전시켜온 원동력은 능력의 계속적인 향상에도 있겠지만, 그 근본은 가족, 이웃과 함께하고자 하는 겸허에서 비롯된 것이 아닌가 합니다. 공허한 척도로 잘난 사람 못난 사람을 구분하고, 잘 먹고 오래 살기로 승자와 패자를 구분하는 건 인간이 노동과 도전이라는 신성한 본성을 잃어버리고 효율성에만 목을 매면서 얻게 된 개인적 안락을 욕망의 목표로 삼게 된 근대적 악습 때문일 것입니다.

촌이라는 회색지대는 정답을 따르지 않아도 되는 장소입니다. 정답이란 정해져 있지 않고 그때그때의 삶 속에서 변모합니다. 내 일은 내 일일 뿐 아니라 남의 일도 내 일이요, 남의 간섭 받기도 역시 나의 일입니다. 일견 하잘것없는 촌것들이 저지르는 똑똑지 못한 일들, 그러나 말없이 서로 돌보며 사는 단순한 삶이야말로 이 엄혹한 세상에서의 탈출구가 되지 않을까 합니다. 원대한 포부도 없고, 필요 이상의 보답을 바라지도 않으며 그날그날 부지런히 서로 궁금히 여기며 살아가는 어정잡이들. 지배하고 아부하며 유흥을 보람으로 여기는 세련된 인생은 아니지만 불신과 불안의 늪에 빠지지 않고 웃음과 땀으로 균형을 잡는 이들이 어정잡이들인 것입니다.

선친의 상(喪)을 치르고 쓴 한 편의 시 「버러지가 지키는 지구」 전문을 소개합니다. 선친을 기린다기보단 이 세상을 살다 간 모든 어정잡이들을 흠모하는 마음에서 쓴 시입니다.

용맹스런 짐승은 죽어서
가죽을 남깁니다, 벌판에
훌륭한 사람은 죽어서
이름을 남깁니다, 공중에
하찮은 버러지는
죽어서 아무것도 남기지 않습니다
울 아버지 돌아가신 날
벌판에는 아무것도 남지 않았고
공중에도 아무것도 남지 않았습니다

  똑똑하고 영민한 인간은 신을 따르거나 스스로 신이 되거
나 아니면 퇴폐와 허무에 빠져듭니다. 사치스런 똑똑이 놀음
은 이름을 남기고 가죽을 남길지는 몰라도 사람과 사람 사이
에 불필요한 경쟁과 굴욕의 경계를 짓게 됩니다. 이름도 가죽
도 남기지 않고 가는 이들이 세상의 진정한 주인입니다. 세계
에 대한 무지를 자인(自認)하고, 묵묵히 더불어 살아가는 낮
은 자들이야말로 인간 세상을 인간답게 살다 가는 이들이 아
닐까 하는 것입니다.

밥 딜런과
원효네 엄마의 순정

배우들 뺨치는 능란한 연기(演技), 박근혜·최순실의 국정농단의 실체가 드러나면서, 우리 국민은 이제 정치가들의 입과 눈을 믿지 않습니다. 나는 유난히도 시인들의 기찬 말솜씨와 화가들의 신기한 채색 기술이 싫어졌습니다. 그따위 장식 덩이들은 실제로는 살갑지 않은, 찌꺼기같이만 느껴집니다. 행복한 시간을 주기는커녕 교양 어린 감상이 부담스럽기만 합니다.

내가 기억하는 행복한 일상의 기억 하나― 어린 시절 우리 집 행랑채에는 북에서 피난을 온 원효네 가족이 살았습니다. 목숨부지가 힘겹던 시절, 비록 셋방에 살긴 했지만 원효네 엄마는 인근에서 제일 밝고 부지런한 아주머니였습니다.

그녀가 하는 일은 운전병들을 통해 구제품 옷이며 휘발유를 사서 되팔기. 불법일 테지만 이웃들의 눈에는 당당한 용기였습니다. 주말 새벽이면 집 뒤 미군부대에 가서 꿀꿀이죽을 얻어 와, 제 식구 먹고 옆집에도 나누었습니다. 나는 그녀가 데우는 꿀꿀이죽 냄새에 주먹만 한 침을 삼켜야 했지만 쫄쫄

굶더라도 코쟁이들, 검둥이들의 음식 쓰레기엔 접근 말라는 부친의 엄명을 따라, 한 숟갈도 넘겨보진 못했습니다. 그래서 꿀꿀이죽은 기억 속의 성찬(盛饌)으로만 남아 있습니다. 그래도 가끔 원효 엄마의 채소 부침개는 얻어먹었습니다. 그녀는 부침개를 부쳐도 그 냄새를 맡은 이웃들에게는 조금씩이나마 나누었던 것입니다.

그녀가 하던 일은 가끔 똥파리들(경찰이나 정보원 등을 가리키던 주민들의 은어)이나 헌병들의 습격(?)을 받기도 하는 일이었지만, 이웃들은 그녀가 죄를 짓는다고는 생각하지 않았고 똥파리들의 눈을 가리는 데 앞장섰습니다. 그녀는 집안싸움, 이웃 간 싸움 말리는 데도 선수였고, 사람들을 웃기고 납득시키기도 하고 골목 싸움의 판관 역할도 마다하지 않았습니다. 전후 시기, 우리 동네 몇 집은 원효네 덕에 일부러 아침 칫솔 물고 나서서 서로 웃음 나누는 사이가 되었습니다.

원효 엄마의 부침개와 마음 씀씀이는 내게 인정 어린 풍경으로, 잊지 못할 이웃의 향기로 남아 있습니다. 당장 자기 가족의 먹거리를 걱정해야 할 처지이면서도 남의 입까지 같은 입으로 여기던 순정. 그녀는 자기 입만 채울 수는 없는 공동 주체의 모습이었습니다. 나와 내 가족이 갖듯 이웃 목숨붙이, 이웃과 나누는 삶이 촌스러웠던 시절이었지요.

하기야 그때는 순박한 촌것들이 드물지 않던 시대였습니다. 당장의 끼니를 걱정하면서도 개떡이며 부침개며 쑥버무리며, 있으면서 혼자 돌아앉아 먹는 사람 별로 없었습니다.

내 밥알 한 톨 한 톨 아끼면서도 동냥 바가지를 외면하지 못하곤 했지요.

세상은 순식간에 황무지로 변했습니다. 음식이 남아돈다 해도 버리면 버렸지 남 주면 버릇될까, 나누지는 않는 야박한 세상이 되었습니다. 기회의 독점과 자유의 독점이 민주주의라는 가면을 쓰고 돈과 권세를 제 편 쪽으로 긁어갑니다. 추상적인 도(道)와 휴머니즘과 준법정신 따위가 자유와 정의와 인권이란 이름을 내걸고는 폭력을 정당화하고, 뒷거래와 야합과 아부를 일삼습니다. 많은 희생이 따랐던 세월이었습니다.

그래도 잘살게 되었지 않느냐는 반문이 따릅니다. 그러나 지연, 혈연, 학연 등 이기적 패권주의가 견인한 물질적 풍요는 못 가진 자들의 희생을 더욱 강요하고, 상대적 빈곤과 소외를 가일층 심화시켰습니다. 이즘엔 각종 웰빙 교실, 힐링 체험장이 성시를 이루지만 그 역시 대부분 기회주의자들의 탐욕일 뿐, 사람들이 이미 행복하고자 하는 본성을 잃어버리고 만 거나 아닌지 의심스럽기만 합니다.

애면글면 내가 촌을 찾아와 30여 년 떠나지 못한 이유는 아직도 그때의 우리 동네와 같은, 법 이전의 화목, 저 나름의 성실성과 연대성에서 우러나는 순정에 대한 그리움이 있으려니 하는 막연한 기대감에서가 아니었을까 합니다.

촌놈 되기 초기에 쓴 졸시 「일상」의 수정 원고입니다.

I

처남이 갖다 준 단감상자를
옆집 건넛집 나누었더니
호박죽 쑤었노라 호박죽으로 돌아오고
자알 먹었노라 한동안 인사한다

이거 미안해서, 다시 풋고추 따 나누었더니
건넛집 새댁 상추 땄다 두고 가고
옆집 영감 창가 소리 밤새 새어 나왔다

석류나무 새끼치길래
베지 않고 자라보렴, 버려두었다

II

핸들을 잡으면 좌로 우로
눈알 깜박거린다
귀를 쫑긋거리며 라인을 따른다

눈치코치로 키-보드를 두드리면
나는 스르륵 입력되어 사라지고
납작 엎드려 뒤로 출력된다

사람을 만나면

의심스런 사람이 되고

기계를 만나면 불안한 기계가 되고

짐승을 만나면 서툰 짐승이 된다

- 「일상」 전문

Ⅰ은 식만동 강촌 당시의 일상, 헛기침 소리는 노인의 생명을 확인하는 제유, Ⅱ는 직업을 가진 나의 기능주의적 사회생활, 만나는 대상에 따라 상황에 따라 변신을 일삼는 일상을 표현한 것이라 기억됩니다.

어느덧 원효네 엄마로 가득하던 시골 인심도 이제 포장된 복지와 왜곡된 자유 아래로 숨어버렸습니다. 독점 상업주의가 가진 자 못 가진 자, 각계각층 각지의 뿌리마저 오염시킨 것입니다. 이른바 귀촌인들이나 본토인들이나 부동산 투기를 일삼고, 다투어 호화 전원주택을 짓고 고급 승용차를 타며 대문 꼭꼭 걸어 잠근 채 마을을 단절과 과시의 장소로 바꾸어가고 있습니다. 도사며, 다도가며, 전통음식 연구가며, 예술가며, 심지어 힐링 체험 지도자로까지 변장한 똑똑이들이 조금이나마 남은 공동주체적 삶을 자신의 특정 목적 실현을 위한 수단으로 타락시키고자 합니다.

내가 촌에 들어올 때만 해도 대부분 집에는 대문이 없었고, 있다 해도 닫힐 때가 별로 없었습니다. 쌀 한 톨에 쏟는 다른 농부의 정성을 이해하는 사람들, 그래서 굶는 이에게는 밥 한 바가지 퍼주더라도 스스로는 쌀 한 톨 허투루 버리지 않던 마음이 살아 있었습니다.

인간은 환경에 끌려가기도 하지만 언제나 다시 한 번, 극복하고 창조하는 생물이기도 합니다. 그의 생존은 물리적인 목숨 부지에 그치는 것이 아니라 양심과 정의를 실천함으로써 끝끝내 더불어 행복한 삶을 스스로 누리고자 한다고 믿습니다. 그러나 정의 없는 기백은 폭력이 되고, 소수의 정의는 무기력에 떨어지고 맙니다.

개인 개인이 부당한 권력과 체제에 목숨 걸고 싸우는 건 무모한 일입니다. 최소한의 생존의 욕구부터 해결해야 하는 개인으로서 강력하고 전반적인 부조리에 맞서는 일은 그야말로 계란으로 바위 치는 일이거나, 또 다른 부조리와 손을 잡는 타락에 이르게 되거나, 그도 아니면 숨어 살아야 하는 사태에 이르게 되는 일입니다.

이 한계점에서 지성의 불가피한 사회와의 단절이 생기게 되고 그 결과 '잊혀진 지성'이 양산됩니다. 이 국외자, '잊혀진 지성'들이 우리나라는 물론 전 세계에 넘치고 있습니다. 은둔하기도 하고 노숙하기도 하고 기도하기도 하면서. 하지만 나는 이들이 포기하지 않고 각자의 위치에서 한걸음씩이라도 더 내디디며 살아가야 한다고 생각합니다. 버스 안에서 전철 안에서, 극장에서, 거리에서 그리고 산길이며 해변에서 조금씩 조금씩 한 사람씩 한 사람씩 공동주체의 사람 사는 사회를 향해 나아가야 한다고 생각합니다. 꿈을 잃지 않는 성찰과 용기가 이어져가야 개인과 파편의 가치를 서로 밝히며 연대하게 되리라, 공동주체의 삶, 인간의 삶이 이루어지라 생각합니다.

작년(2016)의 노벨 문학상 수상자 밥 딜런(Bob Dylan), 세상의 문학전문가들은 비(非) 문학전문가의 문학상 수상을 비판하기도 했습니다. 정작 밥 딜런은 수상 소식에도 가타부타별 반응을 보이지 않고 돌아다녀서 도대체 상을 받을 건지 말 건지, 세인들의 마음을 애태우기도 했습니다.

그 모습은 내게 퍽이나 인상적이었습니다. 검색을 해보니 그는 2010년 3월, 우리나라에서도 한 번 공연을 한 적이 있었습니다. 그때도 그는 언론사의 기자회견이나 인터뷰 요청에 응하지 않았다고 합니다. 변방의 나라에 온 김에 세계최강국 미국 가수의 카리스마를 보일 만도 한데, 그는 아주 소탈한 모습으로 "재떨이나 좀 달라."고나 했다는 것입니다. 그는 노래를 직업 삼고 살았지만 흥행의 부조리와 상업주의적 처세에 식상해 있었던 게 아닌가 합니다. 그는 상(賞)보다 권세보다 소중한 삶, 촌놈의 순정에 젖어 있었던 게 아닐까요? 명리를 우상화하고 사는 자본지향의 근성으로는 반성조차 어려운 장면이었습니다.

바로 그 촌놈 근성이 사랑과 이별과 섹스의 노래가 대접을 받던 1960년대의 미국 문화를 뚫고 우뚝 선 힘일 수 있었으리라 생각됩니다. 왜곡된 허영의 관습을 뚫고 삶의 본질을 통찰하는 힘의 원천, 기성의 오염을 털어내고 순수한 생명력으로 구체적인 삶에 다가가기, 그의 순정은 핵전쟁의 위협과 인권 문제, 인종주의의 편견과 군산복합체의 파워가 몰아올 비극에 맞섰던 것입니다. 당시 그의 촌놈 근성이 말했습니다. "사랑과 섹스 말고도 이 세상에는 중요한 다른 것들이 존재한다."고. 뻔한 말 같아도 부당하게 짓밟힌 생명들, 작위적인 정의의 벽 앞에서 본질을 꿰뚫는 가수의 촌스런 발언이었다 할 것입니다.

밥 딜런이 준 감동의 정점은 최근의 발언— 노벨문학상은 감사한 마음으로 받되 시상식엔 불참하겠다는 발언에 있었습니다. 불참이유는 선약(先約)이 있어서라 했습니다. 수상이 싫지 않은 일이긴 하지만 일상의 선약보다 더 소중할 수는 없다는, 저 자연스러움과 당당함, 사람 사이의 연대에 기꺼이 감싸이면서도 주체적 가치를 잃지 않는 그의 촌놈 근성은 세상의 온갖 요행과 편견과 기득권, 아무데나 두루뭉술 줄을 서는 추상적인 철학 따위, 혹세무민(惑世誣民)의 세련을 부끄럽게 만든 거사였습니다.

실존주의 철학자이자 작가인 사르트르(Jean Paul Sartre)가 노벨 문학상을 자발적으로 거부했다는 사실이 내게는 한층 충격과 존경의 마음을 일으켰던 적이 있습니다. 같은 상에 대한 딜런의 이번 수상 수락은 나이 좀 들다 보니 그런지, 사르트르를 넘어서는 감동이었습니다. 촌놈이란 그렇게 공연한 명리에 휩쓸리지 않되, 이웃과의 삶을 존중하면서, 꿈을 잃지 않고, 스스로 할 일을 하며 살아가는 인간을 이르는 말일 겁니다.

어정잡이나마 30여 년 촌놈 되기 생활, 나는 그것이 현실에서의 도피가 아니라 새로운 삶으로 나아감이라고 자위하기도 했습니다. 내 삶은 적극적인 도전도 실천도 못 되었습니다. 나름의 자기방어나 도피적 적응에 급급했지요. 요즘은 칠순 청년 시대니 어쩌니 죽을 때까지 도전하면서 건강하게, 즐겁게 살아야 한다는 말들을 하기도 하지만 나는 그런 깜냥이 못 되는 인물이었습니다. 여건도 체질도 여기까지가 내가 할 수 있는 지상에서의 적응이었고 한계였다고 생각합니다. 범부의 그릇 탓은 그러려니 합니다. 문득문득 뒤를 돌아보게 될 정도로 미안하기도 하고 고마운 마음이 올라오기도 하는 건 나를 받아준 세상에 대한 감사함과 나의 부족에 따르는 미안함 때문이라 하겠습니다.

정작 내가 가려던 곳은 굳이 촌구석이 아니었을지 모릅니다. 내 그리움은 도시의 뒷골목에서 아등바등 배곯이나 면하며 살아가더라도, 일상에서 이웃들과 서로 비춰보며 사람 내나는 삶을 실천하던 원효네 엄마에게서 그리 멀지 않은 자리에 있지 않았던가 여겨집니다.

촌놈 되기

신진 시인의 30년 귀촌 생활 비록

초판 1쇄 발행 2017년 9월 29일

지은이 신진
기획 이수현
펴낸이 권경옥
펴낸곳 해피북미디어
등록 2009년 9월 25일 제2017-000001호
주소 부산광역시 동래구 우장춘로68번길 22
전화 051-555-9684 | 팩스 051-507-7543
전자우편 bookskko@gmail.com

ISBN 978-89-98079-22-2 03810